KEITAI
SHOUSETSU
BUNKO
野いちご SINCE 2009

ご主人様は、専属メイドとの
甘い時間をご所望です。
~わがままなイケメン御曹司は、
私を24時間独占したがります~

みゅーな**

JN020287

◎ STARTS
スターツ出版株式会社

イラスト/Off

「僕そんなのじゃ全然満足しないんだけど」

とある理由で甘えたがりなご主人様の
メイドになりました。

朱桃歩璃
×
桜瀬恋桃

「はぁ……可愛い。僕のこと欲しくてたまんないって顔
……ものすごくそそられる」

「ほんと僕の恋桃は可愛いね。誰にもこの可愛さ見せたく
ない。僕だけが独占したい」

そんなご主人様の溺愛は――。

「もっともっと……僕のこと欲しがって」

「……っん」

「そしたら僕も……嫌ってくらい甘やかしてあげるから」

とっても甘くて刺激的。

ご主人様は、専属メイドとの甘い時間をご所望です。

～わがままなイケメン御曹司は、私を24時間独占したがります～

登場人物

朱桃 歩璃
（しゅとう あゆり）

天彩学園理事長の息子でアルファクラスに所属する高校1年生。恋桃に特別な想いを抱いており、メイドとしてそばに置いている。甘えたがりでわがままだけど、愛情深い性格。

桜瀬 恋桃
（さくらせ こもも）

真面目で面倒見のいい高校1年生。歩璃の専属メイドに指名され、住み込みでお世話をすることに！　母親を亡くしたショックで、幼い頃の記憶が少し欠けている。

杠葉 瑠璃乃
（ゆずりは るりの）

悠とメイド契約を結んでいる高校3年生。しっかり者だけどたまに抜けているため、悠に過保護にされている。

碧咲 悠
（みさき はるか）

天彩学園のアルファクラスに通う高校3年生で、歩璃のいとこ。歩璃を弟のように可愛がっている。瑠璃乃を溺愛中。

硴水 湖依
（かきみず こより）

恋桃と仲のいいクラスメイト。恋桃と同じくメイド契約を結んでおり、ひとつ先輩のご主人様・未紘に溺愛されている。

天彩学園とは…
（あまいろ）

超エリートのアルファクラスと、一般クラスを持つ男女共学の名門校。特別なメイド制度を導入しており、アルファクラスの生徒は一般クラスの生徒をメイドに指名することができる。ふたりの間には主従関係が成立するが、メイドとなる生徒は生活費や学費をご主人様に払ってもらえる上、お給料も出る。ご主人様とメイドは、遺伝子相性100%である"運命の番"であることも多い。

"運命の番"とは？
（つがい）

遺伝子相性が100%の運命の相手。お互いに接触すると発情してしまう。

☆

c o n t e n t s

☆
☆
☆   ☆

第1章

ご主人様との出会いは突然に。

　突然ですが、わたし桜瀬恋桃は今人生で最大の悲劇に見舞われています。

「な、なにこのお屋敷……」

　キャリーケースを片手に、びっくりしすぎて目は開きっぱなしで口はあんぐり。

　数日前に、お父さんから突然メイドとして働くことが告げられたのがすべての始まり。

「こんなところでやっていける自信ないよぉ……！」

　お父さんがわたしの許可も取らずに勝手にいろいろ進めちゃったせいなんだから！

＊　＊　＊

　そもそも、なぜこんなことになっているのかというと。

　さかのぼること数日前。

　春休みに入ったばかりで、４月から晴れて高校生になることにワクワクしながら少ない休みを満喫しようとしていたとき。

「恋桃、ちょっといいか」

　テーブルを挟んで真っ正面に座ってるお父さんは、ものすごく深刻そうな顔をしてる。

　いつもおちゃらけてるお父さんが、今日はいつになく

真剣な様子。

「じつは……」

　表情と声色からあんまりいい話じゃなさそう。

　思わずゴクッと喉が鳴る。

　ま、まさか仕事クビになったんじゃ？

　いや、それとも何か詐欺にでも引っかかってとんでもな
い額の借金を負わされたとか？

　あぁぁぁ……考え出したらキリがないよ。

「じつはな……」

　もったいぶらなくていいから……！

　何を言われるのかずっとドキドキ……してたんだけど。

「えっ、その怪しい笑みは何……!?」

　さっきまで深刻そうで重苦しい空気をかもしだしていた
のに、急に笑顔ってどういうこと!?

　お父さん百面相なの!?

「なんと……恋桃がメイドになることが決まった〜！」

　うん、とりあえず仕事をクビになったとかじゃなくてよ
かった。

　えっ、でもちょっとまって。

　わたしがメイドになることが決まった？

　はて、いったいどういうこと？

「えーっと、お父さん今なんて？」

　聞き間違いかもしれないし、念のためもう一度ちゃんと
確認──。

「ん？　聞こえなかったのか？　恋桃がメイドになること

が決まったんだよ！　あ、ちなみに住み込みでな？　きちんと契約書にもサインしてきたぞ！」

「は、はぁ……!?」

　お父さんが仕事クビになることよりも重大じゃない!?

　しかもなんでそんな堂々としてるの!?

　とんでもないことしてるの自覚してる!?

「いや〜、よかったよ。恋桃がメイドになることが無事に決まって」

「いやいや無事に決まってよくないし、なんでお父さんそんな呑気なの!?」

「あの朱桃家のメイドに選ばれるなんて名誉なことだぞ？　選ばれた人しかなれないし、将来にもプラスになるだろうなぁ」

「まったく意味がわかんないよ！」

　話の展開があまりにおかしな方向に進んでるから、わたしもヒートアップ。

　テーブルに手をついて、身を乗り出すようにお父さんに迫ってる。

「しかも契約ってどういうこと!?」

「あぁ、恋桃に契約書を見せてなかったな〜」

　テーブルの上に置かれた1枚の紙。

　いちばん上にドーンッと"契約書"って書いてある。

　う、嘘でしょ。

　ほんとに変な契約を結んできちゃったの？

　最初は何かの冗談かもとかちょっと思ったけど！

　契約書には箇条書きでいくつか条件が書かれていて。

　しかもいちばん下に、ちゃっかりお父さんの直筆のサインと印鑑が押されてるし……。

　まさかお金に困って変な金融会社に捕まった!?

　不安になって契約書にさらっと目を通すと、これまたびっくりする内容。

「桜瀬恋桃を朱桃家のメイドとする……？」

　え、はっ、えっ??

　お父さんのほうをきつく睨むと。

「さっきも言った通り、恋桃が朱桃家にメイドとして仕えることが決まったんだよー」

「わたしの意見は!?」

「恋桃には悪いが従ってもらうしかないんだ！」

「は、はぁ!?　い、意味わかんないよ!?」

　そもそも朱桃さんって誰!?

　なんでわたしが見ず知らずの人の家に住み込みでメイドとして働かなくちゃいけないの!?

「母さんもきっと賛成してくれるさ！」

「ぜったい反対するよ!!　というか天国で泣いてるよ！」

　わたしの家にはお母さんがいない。

　わたしが幼い頃、事故で亡くなっている。

　だから今までずっとお父さんとふたり、仲良く暮らしてきたのに。

「何も心配することはない！　朱桃家の人たちはみんないい人ばかりだし、恋桃が仕えるご主人様も間違いなくいい

14

子だからな！」

　お父さんは朱桃さんと知り合いみたいだけど。

　この際そんなことはどうでもよくて。

「いや、それって娘を売ったってことじゃん！」

「そんな人聞きの悪いこと言うなよ～。父さんは恋桃のことを思ってだなー。これは……恋桃のためでもあるんだよ」

「思ってない思ってない！　なんでわたしが知らない人の家のメイドにならなきゃいけないの！」

　こんなペラペラの紙1枚で、はい契約成立ですとかありえないから！

「んー、まあ運命が引き寄せてくれたものだと思うしかないな～。ほら、いま恋桃くらいの世代の子たちで盛りあがってる話があるじゃないか！　テレビでドラマもやってるし、雑誌や父さんが読んでる新聞の記事に取りあげられてることもあったなぁ！」

「…………」

「なんだっけな～。運命の何かがいるとかいう話だったか？」

「運命の番でしょ」

「そうだそれだ！　恋桃が仕えるご主人様が運命の番かもしれないぞ！」

「そんなことあったらお父さんに1億円払ってあげるよ」

　テレビや雑誌、いろんなメディアで見かける"運命の番"と呼ばれるもの。

　この世界のどこかには、遺伝子的相性が100％で、絶対

に本能的に抗うことのできない、運命の番と呼ばれる相手がいると言われている。

でもその相手との遭遇率は極端に低くて。

出会えること自体が奇跡で、ほとんどの人が運命の番に会えないまま一生を終える。

それこそ宝くじで1億円当てるよりも難しいだろうし。

だから、都市伝説みたいな扱いにもなっていて、その奇跡的な組み合わせに憧れる人も多いみたい。

ただ……相手を愛してるかは無関係。

にわかには信じがたい話だけど。

本能的に、たったひとりと惹かれ合うのがドラマみたいだって最近すごく話題になってる。

女の子はみんな運命の番がいることに期待をしたり、出会うことに胸を躍らせたり。

しかも、出会った瞬間的に相手が運命の番だってわかるのがロマンチックだって憧れてる子がほんとに多い。

運命の番を題材にした小説は発売してから大ヒットで、映画化までしてる。

そういえばクラスメイトのほとんどの子が、春休みにその映画を見に行くって盛りあがってたっけ。

そもそも、わたしは運命の番なんて信じてないもん。

だって、自分が好きになった相手じゃなくて本能が求める相手と結ばれるなんて全然ロマンチックじゃない。

わたしは自分が心から好きになった相手こそが、運命の人だって思ってるから。

「じゃあ、父さん1億円もらう準備しておくか〜。宝くじ
当選した気分だな！」

「ぜっっったいありえないから！」

「父さんはいつも恋桃の幸せを願ってる。だからこそ、こ
の契約の破棄もぜったいありえないからな〜？」

　こうしてわたしの平穏な日常がガラッと変わってしま
い……。

　──で、今に至るわけで。

　というか、わたしのご主人様がどんな人なのか聞いてく
るの忘れたぁ……。

　もしお父さんと同い年くらいの人のお世話してください
とか言われたらどうしよう。

　門の前にずっと突っ立っていると。

『桜瀬恋桃様でしょうか？』

「ひっ！」

　人の気配はないはずなのに、上からいきなり男の人の声
がするのなんで……!?

　キョロキョロ周りを見渡してると。

『いま門のほうを開けますので、そのまま中にお進みくだ
さい』

　これって機械を通した声？

　パッと上を見るとスピーカーのようなものを発見。

　すると、目の前の門が自動で開いた。

　恐る恐る中に入って、これまたびっくり。

　ここ家の敷地内……だよね？

お庭広すぎないかな?

まるで森の中にいるみたいに、緑がとっても豊か……!

それに花壇もありえないくらい大きくて、いろんな花が綺麗に咲いてる。

おまけに少し奥に進むと大きな噴水を発見。

門からお屋敷にたどり着くまで、びっくりすること盛りだくさん。

ようやくお屋敷の前に着いたけど。

どこの国のお城ですかって突っ込みたくなるほど……大きな真っ白の外装をしたお屋敷。

何もかもが異次元すぎて、庶民のわたしにはこの世界観まったくついていけない!

とりあえず、この大きな扉をノックしたら誰か出てきてくれるのかな。

あきらかに両手を使わないと開かなさそうな茶色の大きな扉をノックしようとしたら。

「いらっしゃいませ、恋桃様。お待ちしておりました」

「うわっ……!」

わたしが開ける前に扉が開いて、中からピシッとした真っ黒のスーツを着た30代くらいの男の人が出てきた。

さっきのスピーカーから聞こえた声の人と同じかな?

ま、まさかこの人が……。

「あ、あの……つかぬことをお聞きしますが、あなたがわたしのご主人様ですか?」

あれ、わたし変なこと聞いちゃった……!?

18

　だって、相手の男の人めちゃくちゃびっくりした様子で目すごく見開いてるし！

「ふっ、いえいえ違いますよ。わたくしは恋桃様のご主人様の執事でございます」

　こんなにちゃんとした執事さんがいるのに、わたしをメイドにする理由は何……!?

「ご挨拶が遅れました。わたくし綾咲と申します。恋桃様が仕えるご主人様のこと、このお屋敷のことで何かご不明なことがございましたらなんなりとお尋ねください」

「あ、ありがとうございます。それで、わたしのご主人様はいったいどこにいるんでしょうか」

「歩璃様は恋桃様とお会いするのをとても楽しみにしておられますので、お部屋までご案内いたしますね」

　綾咲さんが歩く後ろをひたすらついていくんだけど。

　お屋敷の中、広すぎないかな。

　長い廊下には、真っ赤な高級そうなじゅうたんが一直線に敷かれてるし。

　真上はシャンデリア、通り過ぎていく壁には高そうな絵画やら花瓶やらが飾られてる。

　これがお金持ちの世界かぁ。

　なんて感心してる間に綾咲さんがある部屋の前で足を止めて扉をノックした。

　しばらくしても中から返事はなくて。

「どうやらお部屋にいらっしゃらないようですね」

「は、はぁ……」

「歩璃様は少々自由なところがありまして……困ったもの
ですね。わたくしが探してまいりますので少々お待ちいた
だけますか?」

「あ、はい」

　綾咲さんはどこかへ行ってしまった。

　ここで待っててと言われたけど、なんだかじっとしてい
られる空間じゃない。

　少しだけお屋敷の中を見て回ってもいいかな。

　軽い気持ちで、お屋敷のさらに奥に足を進めると。

　いちばん奥にある部屋……扉が少し古びていて、このお
屋敷の雰囲気とはちょっと合ってないような。

　物置部屋とか……?

　扉がわずかに開いていたので、ゆっくりその扉を自分の
ほうへ引くと、ふわっと暖かい風が吹いた。

　ここは書庫……かな。

　少し古い造りで、木の香りがほんのりする。

　中には本棚がズラッと並んでる。

　分厚めの本のようなものがぎっしり詰まってる。

　さらに奥に入ってみると、部屋のいちばん奥に大きな窓
があって。

　そのそばに横長の大きなソファが──って。

　え、あっ……誰か寝てる。

　わたしと同い年くらいの男の子だ。

　窓から入ってくる優しい風に髪がふわっと揺れてる。

　まつげ長いし、肌ものすごく綺麗。

こんなに寝顔（ねがお）が綺麗な男の子初めて見た。

それに……耳元に光る真っ赤なピアスが似合ってる。

「うわっ……！」

見惚（みと）れすぎてたのがいけなかった。

ドジなわたしが身体（からだ）のバランスを崩（くず）して、眠ってる男の子の上にダイブしたせいで。

「……え、なに急に」

あぁ、やってしまった……。

男の子起きちゃったじゃん。

すぐにどかなきゃって思うのに。

男の子と目が合った瞬間──。

「っ……」

何かすごく惹きつけられるものを感じたあと……懐（なつ）かしい気持ちがわずかにこみあげてきて。

身体がうまく言うことを聞いてくれない。

見つめ合うこと数秒。

男の子がふわっとやわらかく笑って。

「やっと会えたね──恋桃」

え、あっ……えっ？

突然のことに思考（しこう）が停止寸前（ていしすんぜん）。

だって、いきなり抱（だ）きしめてきたから。

それに……。

「なんでわたしの名前知ってるんですか？」

わたしたち初対面のはずなのに。

「僕が恋桃の運命の相手だから？」

「は、はい……？　ちょっと言ってる意味がよくわからな──」

　まだわたしが話してる途中なのに。

　視界がぐるっと回って、背中にやわらかい感触。

　あれ……えっ……これって押し倒されてる……？

　一瞬のことすぎて頭が全然ついていかない……のに。

　さっきよりもさらに強く何かに反応するように──心臓がドクッと激しく音を立てた。

　全身がドクドク震えて、心臓の音が響いてる。

　こんな強いドキドキ知らない。

　何か発作でも起こってる……？

「ずいぶん可愛い顔するね」

「ひゃっ……」

　ちょっと頬に触れられただけ。

　……なのに、身体が大げさなくらいビクッと大きく跳ねちゃうのなんで……っ？

「身体すごい反応してる。きもちいいの？」

「や……っ、触るのダメ……っ」

「なんでダメなの？　……教えて」

　頬から唇に触れられて、さっきよりもピリッと強い刺激が腰のあたりにきて。

「唇きもちいいんだ？」

「う……やぁ……」

「素直な身体……僕は好きだよ」

　唇をずっと触られて、身体がどんどん熱くなるし少しず

つ物足りなく感じてる。

「恋桃が僕に触れられて……可愛く乱れてるの興奮するね」

　なんでかわかんないけど、触れられていたいって衝動が身体の奥から湧き出てきて、それが強くなってる。

「ねぇ、ほらもっと恋桃の可愛い顔見せて」

「っ……ぅ……」

　目そらしたいのにそらせない。

　触れられても、まったく嫌な感じがしない。

　むしろ……もっと触れてほしいって。

「そんな熱っぽい瞳で見ていいの？　僕も抑えきかなくなるけど」

　視線が絡んでるだけじゃ足りない。

　もっと何か強い刺激が欲しいって、自分の中の本能が求めて止まんない。

「もう欲しくてたまんないんだ？」

「はぁ……っ、ぅ……」

　今度は息が苦しいし、呼吸がしづらい。

　身体にもうまく力が入らなくてクラクラする。

「恋桃の欲しがってるその顔……たまんなく可愛い」

　唇をうまく外して、唇のほぼ真横に軽く触れるだけのキスが落ちてきた。

「身体熱いでしょ？　どうして熱いかわかる？」

「わか……んない」

「恋桃にとって僕が運命の番だから。恋桃が発情してるんだよ」

「はつ、じょう……？」

　頭ふわふわして、あんまり考えられない。

　それよりも、熱くて苦しくてもどかしい状態から早く解放されたい……っ。

「熱いのやだ？」

「やだ……っ」

「じゃあ、僕ときもちいいこといっぱいしよ」

「んんっ……」

　唇にしっかりやわらかい感触が押しつけられて。

　唇が触れただけなのに、全身に強い刺激が走ってピリピリする。

「はぁ……恋桃の唇すごく甘い」

「んぅ……っ」

「僕も我慢できなくなる」

「やぁ……まっ……ん」

　深くまんべんなく唇ぜんぶ奪うようなキス。

　ずっと塞がれて苦しいのに、それよりも触れてる唇がすごくきもちよくて。

「恋桃がそんな可愛い声出すから僕も発情したかも」

　さっきまで触れてるだけのキスだったのに、少しだけ口の中に熱が入り込んできて。

「もっと甘くて深いのしよ」

　かき乱すように熱が暴れて欲しがって。

　体温もさらにグーンとあがって、身体の奥がジンッとうずいてる。

「僕のことも満足させて。ほら、恋桃の身体もこんな欲し
がってる」

「あぅ……っ」

　キスされながら、ちょっと身体に触れられただけなのに。

「すごい反応してるね。もっと触ってほしいの？」

「ふぅ……っ」

「ねぇ、教えて恋桃」

「ひぁ……」

　グッと与えられる刺激が強くなって、キスも甘くて頭う
まく回らない……っ。

「キスきもちいいね」

「んっ……」

「僕もそろそろ限界だから」

　キスがさっきよりも激しくなって。

　かき乱してくる熱のせいで苦しいのに、なんでか苦しさ
の中にきもちよさもあって。

　ずっとこの甘い熱が欲しくなっちゃう衝動。

　たまっていた熱が一気にパチッとはじけた瞬間——。

「これからずっと離さないから覚悟してね」

　とびきり優しくて甘いキスが落ちてきて、意識が飛んで
いった。

＊　＊　＊

　あれからどれくらい時間が経ったんだろ？

　閉じてるまぶたをゆっくりあけると。

「あ、やっと起きた」

　はて……ここはどこで、わたしの目の前にいる男の子はいったい誰？

「そんな可愛い顔して。またキスされたいの？」

「キス……？」

　はっ……思い出した。

　たしかわたしお屋敷の中を探索してて、それでこの男の子と出会って。

　なんでか身体が急におかしくなって……それで——キスされたんだ。

「な、ななんでキスしたんですか……！」

「キスしないとずっと苦しいままだったと思うけど」

　寝てるわたしに、さらに迫るように近づいてきて……あっという間にキスできちゃいそうな距離。

「それに恋桃もきもちよかったでしょ？　僕とのキス」

「うっ……」

「それとも刺激強すぎた？」

「んなっ……！　というか、あなた誰なんですか！」

「恋桃のご主人様ですけど」

「え、ええ……!?」

　うそうそ、この男の子がわたしのご主人様なの!?

「ご主人様の顔と名前くらいちゃんと知っておきなよ」

「す、すみませんでした、ご主人様……」

「何その呼び方。僕ちゃんと名前あるんだけど」

「ぞ、存じておりません……」

「朱桃歩璃」

「しゅとう、あゆり……様」

「様はいらないから。歩璃でいいよ」

　付け加えて「あと、恋桃と同い年だから堅苦しい敬語とかいらないし」って。

　というか、初対面なのになんでわたしの名前とか年齢まで知ってるんだろう？

　あっ、そっか。

　雇う側の人だからわたしのこと知ってて当然か。

「それに、僕と恋桃は本能に逆らえない関係だもんね」

「本能に逆らえない関係……？」

「僕と恋桃は運命の番みたいだし」

　そういえば、意識が飛んじゃう前にそんなこと言ってたけど、正直全然信じられない。

「なんでわたしたちが運命の番だってわかるの？」

「だって、恋桃さっき僕に発情してたでしょ。それに出会った瞬間に僕も恋桃もお互いを強く求めてたし」

「え……？」

「番って発情するの知ってる？　お互いが欲しくてたまらなくなって、理性なんてあてにならないくらい相手のこと求めるんだよ」

　さっき歩璃くんと目が合って、触れられただけで身体が熱くなって。

　キスしたらもっとたくさん欲しくなって。

　これが本能的に歩璃くんを求めてたってこと？

「恋桃が発情したら僕のキスでしか抑えられないから」

　うそうそ、信じられない。

　こんなあっさり運命の番と出会っちゃうものなの？

「もちろん、僕が発情したら恋桃のキスじゃないと治まらないし」

　だって、出会えること自体が奇跡だって言われてるくらいなのに。

「それにさ番同士のキスは、誰とするキスよりも極上にきもちいいんだよね」

　顎をクイッとあげられて、唇をふにふに触ってきてる。

「恋桃の唇ものすごく甘くてきもちよかったよ」

「うっ……キス初めてだったから、きもちいいとかわかんない」

「へぇ。じゃあ、僕がこれから恋桃のはじめてぜんぶ奪っちゃうね」

「なっ……あ、あげるつもりない……っ」

「そんなこと言ってられるの今のうちだよ」

「え……？」

「僕が恋桃のことたっぷり甘やかして可愛がって……嫌ってくらい愛して溺れさせてあげるから」

「っ……」

「僕に愛される覚悟しておいたほうがいいよ？」

「なっ、ぅ……」

「僕と恋桃は離れられない運命なんだから」

　本能的に抗うことができない運命の番と、まさかこんな

かたちで出会っちゃうなんて。

「僕は恋桃のことだけが欲しくなるから。恋桃も僕のことしか求めちゃダメだよ」

「ほ、ほんとに歩璃くんが運命の番なの？」

「まだ信じられないんだ？」

　コクッとうなずくと、歩璃くんはフッと軽く笑いながら。

「んじゃ、試しにもういっかいキスしてみる？」

「な、なっ……し、しな──」

　さらにグッと近づいて、唇が触れる寸前。

「歩璃様。あまり強引にされるのはよろしくないかと。恋桃様が戸惑われております」

「はぁ……綾咲は僕の愉しい時間を奪うのが好きなの？」

　えっ!?　綾咲さんいつの間に!?

　平然とした態度の綾咲さんが、しれっとベッドの横にいるんですけど!!

　というか、いつからそこにいたの!?

　気配をまったく感じなかったんですけど！

「恋桃様は一度気を失われているので、お身体のほうが心配です」

「あー……たしかにそうだね。恋桃は身体大丈夫？」

「え、あっ、別に平気──」

「キスで気失っちゃったもんね」

「なななっ……！　それは言わないで!!」

　綾咲さんの前だっていうのに!!

　なんでフツーにキスのこと話しちゃうの！

「やっぱりもういっかいしとく？」

「なっ、だからしないって──」

　このやり取りを見ていた綾咲さんが、コホンッと咳払い
をして。

「おふたりの会話を遮って申し訳ないのですが、夕食の準
備が整っておりますのでダイニングへご案内いたします」

　綾咲さんがストップをかけてくれたおかげで、なんとか
キスされずにすんだ。

　そして、綾咲さんに案内されてダイニングにやってきた
のはいいんだけど。

　な、なんですかこの長いテーブルは。

　大人数で会食するんですかってレベルのテーブルとダイ
ニングの広さにびっくり。

　それに、すぐそばにはシェフらしき人とメイドさんが何
人か立って並んでるし。

　お金持ちの世界すごすぎる……！

「恋桃様はこちらへ」

「は、はい」

　綾咲さんが椅子を後ろに引いてくれて、そのまま着席す
ると、すぐに目の前のグラスにお水が注がれた。

　えっ、ちょっと待って。

　話を整理したいんだけど、わたしってメイドとして雇わ
れてる身だよね？

　それなのに、なんでこんな豪華なディナーに参加し
ちゃってるのかな。

「恋桃様どうかされましたか?」

「あ、いえ。えっと、わたし今からここで食事するんですか?」

「はい。歩璃様とご一緒に」

　やっぱりおかしいよ。

　本来ならわたしも横に立ってるメイドさんたちに交じって仕事しなきゃいけないんじゃ?

「あの、わたしメイドとして雇われてここに来たんですけど……」

「そうですね」

「だとしたら、わたしもお仕事を——」

「恋桃は歩璃様専属のメイドですので。歩璃様と常に一緒に行動していただく特別なお世話係……と言ったらいいでしょうか」

「は、はぁ……」

　よくわからないまま食事がスタートしてしまって、いきなり壁にぶち当たった。

　もっとテーブルマナー勉強しておけばよかった……。

　どこかの高級レストランで食事してるような雰囲気だから、家で晩ごはん食べてる感覚と全然違うよぉ……。

　緊張しすぎて味とか全然わかんない。

　やっとデザートにたどりついて食事が終わった今、なんだかすごく疲れた。

「僕はこのまま恋桃と部屋に戻るから」

「いえ、歩璃様だけ先にお部屋へお戻りください」

「は、なんで？」

「このあと恋桃様に今後のことや、お屋敷のことをあらた
めてご説明させていただきたいので」

「それって僕から恋桃を奪うってこと？」

「いえ、そういうわけではございません。ほんの少しだけ
恋桃様にお話しさせていただく時間をいただければと思っ
ております」

「ふーん。んじゃ、話が終わったら早く僕の部屋に連れて
きて」

　渋々歩璃くんが折れて、綾咲さんとふたりお屋敷の中を
回っていろいろ説明をしてもらうことに。

「歩璃様は1秒たりとも恋桃様のそばを離れたくないよう
ですね。執事のわたくしにですらヤキモチを焼いているよ
うですので」

「で、でも歩璃くんとわたしは今日初めて会ったばかり
で……」

　前をスタスタ歩いてる綾咲さんの足が一瞬ピタッと止
まって。

　何か言われるのかと思いきや、綾咲さんは少しの間黙り
込んでしまった。

　と思ったら、急にこちらを振り返って何事もなかったか
のように優しい笑顔で言った。

「そうですね。これから少しずつ歩璃様と一緒の時間を過
ごしていただけたらと思います」

　それから綾咲さんがいろいろと説明をしてくれた。

「先ほども申しましたように、恋桃様は歩璃様専属のメイ
ドとしてこれから働いていただくことになります」

「は、はい」

「そして恋桃様がこちらのお屋敷で生活していくうえで必
要なもの、かかった費用などはすべてこちらが負担する契
約の内容になっております。もちろん働いていただくので
賃金も発生いたします」

　あぁ、メイドになるっていう事実がとりあえず衝撃的す
ぎて契約書の内容にちゃんと目を通してなかったよ。

「あの、父から住み込みのメイドとして働くって聞いたん
ですけど、わたし個人の部屋とかってあるんでしょうか？」

「いえ、ございません。歩璃様のお部屋で生活していただ
きます。恋桃様は歩璃様のそばにいていただくのが役割だ
と思っていただければと」

「えっ、それってつまり……」

「まあ、簡単に言うのであれば同居ですね」

　そ、そんなぁ……。

　初めて会った男の子といきなり同じ部屋に住むことにな
るなんて。

「これは歩璃様が強く希望なさっていることのひとつです」

「そ、そうですか……」

　それからさらにお屋敷のことを詳しく説明してもらっ
て、ある程度ぜんぶ説明が終わったところで。

「最後にですが……あちらの奥の書斎には決して立ち入ら
ぬようお願いいたします」

　あそこって今日わたしと歩璃くんが出会ったところ
じゃ。
「えっと、何か理由があるんですか？」
「歩璃様の大切なものが保管されている場所ですので」
「そ、そうなんですね。気をつけるようにします」
　そんな大切な場所だったんだ。
　知らなかったとはいえ、わたしが勝手に入っちゃったの
歩璃くんは怒ってたのかな。
　とくに何も言われなかったけど、今後は気をつけないと。
「先ほどもお伝えしたように恋桃様はあくまで歩璃様専属
のメイドとして仕えていただき、歩璃様のそばにいること
を最優先していただけたらと思います」
「あの、ひとついいですか？」
「なんでしょう？」
「わたしは雇われてる身なので、その……恋桃様って呼び
方はちょっと違和感あるような」
　それに、すごく気を使ってもらってるような気がするし。
「いえ。違和感などございません」
　ええ、めちゃくちゃ違和感ありますって！
　綾咲さん常識人だと思ってたけど、もしかしてちょっと
ズレてるところあるの!?
「歩璃様がずっと大切に想われている方ですから」
「え？」
「……っと、少し口が滑りましたね。いちおう屋敷の案内、
説明はこれで終わりになります。それでは歩璃様のことよ

ろしくお願いしますね。何かございましたらいつでもご相談<ruby>相<rt>そう</rt></ruby>談<ruby>談<rt>だん</rt></ruby>ください。それでは」

　なんだか最後ものすごく<ruby>端折<rt>はしょ</rt></ruby>られちゃったような。

　こうして、歩璃くんがいる部屋へ戻ることに。

「んぎゃ……！　そんな抱きついたら苦しいよ……！」

「戻って来るの遅くない？　どれだけ僕のことひとりにさせたら気がすむの？」

　部屋に入って<ruby>早々<rt>そうそう</rt></ruby>、歩璃くんが抱きついてきた。

　というか、抱きしめる力が強すぎてわたしの身体えびぞり状態なんですけど!!

「どれだけって、30分くらいじゃ……」

「はぁ？　僕の<ruby>体感的<rt>たいかんてき</rt></ruby>に３日くらい過ぎてるんだけど」

「いやいや、それは大げさだよ！」

　結局、歩璃くんがベッタリ抱きついたまま。

　離れてくれたのはお風呂に入ってるときくらい。

　そんなこんなであっという間に寝る時間。

「えっと、わたしはどこで寝たら……」

「僕のベッドでいいでしょ」

「え……」

「恋桃は僕の抱き<ruby>枕<rt>まくら</rt></ruby>だから」

　なぜか歩璃くんの抱き<ruby>枕<rt>にんめい</rt></ruby>に任命されました。

「それはちょっと……。あっ、ソファも<ruby>充分<rt>じゅうぶん</rt></ruby>広いからわたしはソファで……」

「は？　僕に逆らうとかいい<ruby>度胸<rt>どきょう</rt></ruby>してるね」

「ひっ……歩璃くん顔<ruby>怖<rt>こわ</rt></ruby>い!!」

「誰のせいだと思ってるの？」

「うっ……歩璃くんの──」

「恋桃のせいだよね」

　無理やりねじ伏せられました。

　だって一緒に寝るとか恥ずかしくて耐えられないのに。

「僕のそばにいるの嫌？」

「う……っ、嫌……ではないけど」

「じゃあ、僕の言うことはなんだっけ？」

「…………」

「ねー、メイドさん？」

「ぜったい……です」

「うん、いい子だね。それじゃあ、僕と一緒に寝よっか」

　わたしこんなんでこの先ちゃんとやっていけるの……!?

住み込みで同居スタート。

　波乱のメイド生活、早くも３日目。

　わたしの朝の仕事は歩璃くんを起こすことから始まる。

「歩璃くん！　朝だよ起きて！」

「…………」

　くっ……なかなか手強い。

「あーゆーりくん」

「……ん」

　歩璃くんは、この通り朝がものすごく弱いみたいで、なかなか起きてくれない。

「歩璃くんってば、わたし先に起きちゃうからね！」

　くっついてくる歩璃くんを引き離そうとすれば。

「……おとなしくしててよ。僕まだ眠い」

「ぎゃっ……！」

　脚を絡めて、さらにギュッてしてくる。

　寝起きなのに無駄に力は強いんだから。

「抱き枕はおとなしくしてなよ」

「むっ……歩璃くん口悪いよ」

「恋桃は僕が満足するまで抱きしめられてたらいいの」

　そんなことしたら、１日中ベッドから出られなくなっちゃいそう。

　だって、歩璃くんはちょっとのことじゃ満足してくれないもん。

　それに、もしわたしじゃない別の女の子がメイドになってたら、その子にもこうやって同じことするんでしょ？
「歩璃くんは女の子なら誰でもいいの？」
「……どうしてそう思うの」
「だって、初対面のわたしにいきなりこんな抱きついたり触れてきたりするから」
　いくら運命の番だからって、数日前に出会ったばかりなのにこんな距離感おかしいもん。
「歩璃くん？」
「…………」
　急に黙り込んじゃったし。
　もしかして会話する気もなくなって寝ちゃったんじゃ……。
「……誰でもよくない。恋桃じゃなきゃ嫌だ」
「そ、それおかしいよ」
「おかしくない。だって僕ずっと恋桃のこと——」
　歩璃くんが一瞬ハッとした顔をして、何か言うのをグッとこらえてるのがわかる。
「……なんでもない。起きるから朝ごはん用意して」
　さっきまで全然起きなさそうだったのに、今は都合が悪そうにささっとベッドから出ていっちゃった。
　ここ数日、わたしが苦戦してる中のひとつである朝ごはんの用意。
　歩璃くんの部屋にはなんとキッチンもお風呂も何もかもついてるから、この部屋から出なくても普通に生活でき

ちゃうのだ。

　……しかし、わたしはさっぱり料理がダメで。

　お父さんとふたりで生活していたとき、料理はぜんぶお父さんに任せっきり。

　他の家事にしてもできることは頑張っていたけど、不器用すぎるせいかあんまり得意じゃなかった。

　昨日作った朝ごはんもすべて失敗に終わり、結局シェフの人に用意してもらったし。

　こんなの続いたら役立たずメイドに認定されて、数日でクビを宣告されるんじゃ？

　綾咲さんからメイドの仕事として頼まれていること。

　まず基本的に歩璃くんに言われたことは、ぜったい聞かなきゃいけないし、なるべく一緒にいないといけない。

　あとは朝ごはんや晩ごはんを用意すること。

　お屋敷には専属のシェフがいるから、本当はごはんは作らなくてもいいんだけど、歩璃くんがわたしの作った料理じゃなきゃ嫌だって。

　あとは、歩璃くんが普段使ってる部屋の掃除とか、花瓶に生けてあるお花をかえたりとか。

　手が空いていればお屋敷のことを簡単に手伝ってもらえたらそれでいいって。

「あ、そうだ。頼んでたメイド服やっと届いたから」

「こ、これ着なきゃ……」

「ダメに決まってるよね」

　お屋敷に来た日に、メイド服があるってことは聞いてた。

　今までは届いてなかったから着なくてすんでたけど。

「屋敷で仕事してるときは基本メイド服を着てないとダメ
だから」

　な、なんなのそのルール。

　でも、歩璃くんに言われたことはぜったいなので仕方な
くメイド服に着替えることに。

　てっきりお屋敷にいるメイドさんたちと同じ、足首まで
長さのある黒のワンピースに白のエプロンかと思いきや。

「わたしのだけなんかデザイン違う……！」

　ピンクをベースにしたワンピースに、真っ白のエプロン。

　スカートの部分はフリフリだし、胸元には少し大きめの
ピンクのリボンがついてる。

　それにワンピースの丈がちょっと短い……！

「着替えた？」

「あわわっ、まだ入ってこないで！」

「もう着替えたでしょ？　ってか、着替えてる途中でも僕
は構わないけど」

　今の発言ちょっと問題ありだし、普通に扉開けて入って
きてるし！

「へぇ、可愛いじゃん」

「なぅ……こんな可愛いのわたしには似合わないよ……!!」

「なんで？　可愛いんだからもっと僕に見せて」

「やだやだ！　恥ずかしい！」

　迫ってくる歩璃くんから逃げるようにカーテンにくる
まって身を隠すと。

「ご主人様の言うことはぜったいってもう忘れた？」

「うぎゃ……！」

　カーテンをバサッとめくられて、歩璃くんまでカーテンの中に入ってきちゃった。

「こんなところに連れ込むなんて僕のこと誘ってるの？」

「歩璃くんが勝手に入ってきたんじゃん！」

「恋桃が誘ってきたから僕はそれに応えただけでしょ」

「さ、誘ってないよ！　早くここから出てい──」

「僕に指図するんだ？　へぇ、恋桃ちゃんえらくなったね？」

「ひっ……歩璃くんその顔怖い！　笑顔で圧力かけるのやめて！」

　しかもわざとらしく"恋桃ちゃん"って呼ぶあたり、お怒り気味なのひしひしと伝わってくるし！

「ってかさ、恋桃が可愛すぎるのが悪いよね」

「う、や……歩璃くんの可愛いの基準おかしいんじゃ」

「僕がどれだけ可愛いって言っても足りないくらい恋桃は可愛いね」

「か、可愛くないよ……っ！」

「僕の言ってること否定するんだ？」

「そうじゃなくて！」

「せっかく綾咲がケーキ買ってきたから恋桃と一緒に食べようと思ったのに」

「えっ、ケーキ!?」

「食べたくないの？」

「食べたいです‼　すごく食べたいです！」

「ふっ、そんな甘いの好きなんだ？　んじゃ、僕と一緒に食べよっか」

　なんだ、歩璃くん意外と優しいところあるじゃん！

　——って、油断したわたしがダメだったぁ……。

「あの、ケーキを食べるのにこの体勢はおかしいと思うのですが！」

「そう？　いいじゃん、恋桃が僕の上に乗ってケーキ食べさせてくれるんでしょ？」

　ソファに歩璃くんがドンッと座って、なぜかわたしがその上に乗っちゃってるとても恥ずかしい体勢に。

「ほら、早く食べさせて」

「うっ……その前に体勢を……」

「口答えするんだ？」

「く、口答え……」

「口塞がれたい？　息できないくらいめちゃくちゃにキスしてもいいけど」

　出ました、全力でねじ伏せてくる歩璃くんスタイル。

　おまけに満面の笑みで、ものすごい圧かけてくるんですけど！

「お、おとなしくするから早くケーキ食べて！」

「恋桃が食べさせてくれるんでしょ？」

「うぬ……じゃあ、あーんしてください」

　普段言うこと聞いてくれない歩璃くんが、ちゃんと口あけて待ってる。

「……まだ？」

「あ、はい！　どうぞっ！」

　パクッとひと口食べると。

　もぐもぐしながら、わたしにギュッと抱きついて胸のあたりに顔を埋めてる。

「ん……やわらかいね」

「なななっ、ぅ……」

「僕はもっと大きいほうが好みだけど」

「んなっ……!!　歩璃くんの好みなんか聞いてないもん！」

　歩璃くんってばデリカシーなさすぎ！

　さらに歩璃くんは、とんでもない爆弾を落とすのが得意なようで。

「まあ、そのうち僕が大きくしてあげるよ」

「なっ、は、はい!?」

　あ、ありえないありえない!!

　歩璃くんのバカ!!

　……なんて言ったらもっと大変なことになるから言わないけど！

「ってかさ、もっと甘いやつちょうだい」

「え、今ケーキ食べて……」

「恋桃はもっと甘いでしょ」

「は、へ……っ？」

　お皿とフォークをさらっと奪われて、そばのテーブルに置かれちゃった。

「恋桃が可愛い反応ばっかりするからさ……僕の身体熱く

なってるの」

　少し強引に手をつかまれて、歩璃くんの胸元にピタッと触れさせられて。

「……発情してるのわかる？」

「っ……」

　あきらかにさっきより熱くて、ドクドク脈を打ってるのがすごく伝わってくる。

「恋桃のキスじゃないと治まらないよ」

「そ、そんなこと言われてもわたし何もできな──」

「いいよ。僕の好きにするから」

　耳元にスッと近づいて、熱くて甘い吐息（といき）がかかってくすぐったい。

「ただ可愛い声聞かせて」

「……ん、んんぅ……」

　軽く唇にチュッと触れて、間近（まぢか）で歩璃くんと視線がしっかり絡んでる。

　見つめてとらえて離してくれない。

「はぁ……あま……っ」

「んっ……や」

「目閉じちゃダメ。僕のこと見て」

「やぅ……、むり……っ」

　少しずつ唇をグッと押しつけて、やわく噛んだりチュッと強く吸（す）ったり。

「こんなのもっと欲しくなるね」

　キスがどんどん深くなって、全然止まってくれない。

　ずっと唇を塞がれたまま苦しいのに、このまま離れるの
やだって思っちゃうのなんで……？
「キスきもちいいね」
「ふ……っ、ぅ……」
「恋桃も熱いでしょ？」
「んっ……」
「これ……僕のこと欲してる証拠だから」
　キスされたまま肌に直接触れられて、さらに心臓が激し
く動いて身体の熱もグーンとあがってる。
「僕にキスされて発情したんだ？」
「ぅ……ちが……っ」
「可愛い……ものすごく可愛いよ恋桃」
「やぁ……、そんな言わないで……っ」
　歩璃くんに言われたことに身体が過剰に反応して、すご
くドキドキしちゃう。
「ほら、可愛いって言ったら恋桃の身体よろこんでる」
「や……だっ」
「満足するまでもっと……もっと甘いのしようね」
　歩璃くんの甘いことは、とっても刺激が強すぎる。

*　*　*

「ねぇ、恋桃。まだ怒ってるの？」
「もう歩璃くんなんて知らない……！」
「そんな大福みたいな顔してないでさ」

「んなっ、大福は失礼だよ！」

　あれから少し時間が経って、わたしは絶賛ぷくぷく膨れて怒ってる。

「だって白くてふにふにしてるじゃん」

「ぅ……またそうやって触る……！」

　今も後ろからがっちり抱きつかれて、ほっぺをふにふに触ってきてる。

「仕方ないじゃん。あんな可愛い恋桃見たら発情しないほうがおかしいでしょ」

「でも、あれはキスしすぎだよ！」

「恋桃も欲しがってたくせに」

「うぬ……あれは歩璃くんが……っ！」

「僕が何？」

　たくさん甘い刺激を与えてくるから……なんて恥ずかしくて口が裂けても言えない。

「なんでもない、です」

　というか、ほんとにわたしと歩璃くんは運命の番なの？

　番だから、あんなふうに発情して理性も全然機能しないくらい相手のこと求めちゃうの？

　それに、たとえ相手のこと想ってなくても番だからってキスするのは仕方ないことなの？

　ただ発情を抑えるためだけにするキスなんて、簡単に許しちゃいけないような気もする。

　キスってお互い気持ちが通じ合ってするものなのに。

「まだ信じられないんだ？」

「へ……な、何が？」

「僕と恋桃が運命の番だってこと」

　えっ、わたし無意識に口にしてた……!?

　それとも歩璃くんがエスパーなの!?

「だ、だって運命の番と出会う確率なんてものすごく低いって言われてるのに」

「低いからどうしたの？　僕と恋桃が惹かれ合うのは必然ってことでしょ」

「だ、だから……」

「僕は恋桃しか欲しくない。恋桃だけが僕のそばにいてくれたらそれでいい。これから先ずっと手離したくないと思えるくらい僕にとって恋桃はすごく大切な存在なんだよ」

　なんで歩璃くんは、わたしにここまで言ってくれるの？

　わたしが運命の番だから？

　それとも他に何か理由があるの？

「だから恋桃も僕のことだけ求めて欲しがって。他の男なんか眼中に入らないくらい……僕でいっぱいにしてあげるから」

　今はまだ歩璃くんが何を考えてるのかわかんないことばっかり。

ご主人様とはいつも一緒。

　歩璃くんのお屋敷で過ごし始めて早くも２週間近くが過ぎた。

　今日もメイドのお仕事頑張らないとなぁ。

　何気^{なにげ}なくスマホを手に取って、画面に表示^{ひょうじ}されている日付は４月６日。

　あれ、ちょっと待って。

　今日ってまさか……。

「入学式なんじゃ……！！」

　春休みに入っていたせいで日付感覚ボケてた！

　呑気にメイドの仕事のこと考えてる場合じゃない！

　慌^{あわ}てて飛び起きて支度^{したく}をしようとしたんだけど。

　そういえば、わたしの高校の制服はどこ？

　たしかキャリーケースの中に入れて持ってきたはずなんだけど。

「あの、綾咲さん！」

「恋桃様、おはようございます」

「あっ、おはようございます。えっと、綾咲さんがご存じだったら教えてほしいんですけど」

「制服のことでしょうか？」

「あぁ、そうですそうです！！」

　さすが綾咲さん察^{さっ}しがいい！！

「本日入学式ですからね。制服のほうしっかり準備させて

「いただきました」
「ありがとうございます！」
　——で、綾咲さんが用意してくれた制服を見て仰天。
「えぇっと、この制服はいったい誰のですか？」
「恋桃様の制服でございます」
「いや、わたしが通う予定の高校の制服とずいぶん違うような……」
　ハンガーにかけられた可愛らしいデザインの制服。
　これいったいどこの学校の制服？
「恋桃様には本日より歩璃様と同じ天彩学園に通っていただきます」
「うぇぇぇ……!?」
「こちらの制服に着替えていただいたあと、お車にて学園までお送りいたします」
「あ、あの、わたし天彩学園じゃなくて、別の学校に進学する予定で！」
「こちらで天彩学園に入学する変更の手続きはすませておりますのでご安心ください」
　裏で手を回すの早すぎて全然安心できないよ……!?
　だって、天彩学園っていったらこのへんではものすごく有名な進学校って噂だよ!?
　それに特殊な制度があるって聞いたことあるし。
　頭がよくて、お金持ちしか通えないすごく特別な学園にわたしが通うの!?
「恋桃様は人と少し違う遺伝子を持っているため、学園側

がぜひ入学してほしいと。天彩学園はそういった招待制の
ある学園でもあります」

「い、遺伝子？」

　ますますよくわかんないんですけど！

「……こーもも。なんで僕のこと放置して先に起きてるの」

「うぎゃ……歩璃くん！　わたし今それどころじゃなくて！」

　頭の中パニックなのに歩璃くんはマイペース全開で抱き
ついてくるし！

「あ、制服できたんだ。可愛いね」

「なんでわたしが歩璃くんと一緒の学校なの！」

「僕のメイドなんだから当然でしょ」

「そんなの聞いてないよぉ……！」

「僕の言うことはぜったいだから恋桃に拒否権ないけどね」

　完全に逃げ道を塞がれて、諦めて用意された制服を着る
ことに。

　採寸してないのにサイズぴったり……。

　歩璃くんも制服に着替えて、入学式に向かう準備が整っ
てしまった。

「恋桃おいで」

「……？」

　手招きされてそばに近づくと、歩璃くんがわたしの後ろ
に回った。

「これ……恋桃が僕のだって証ね」

　首元にかかる髪をスッとどかされて、肌に冷たい金属の
ようなものが触れた。

「僕が恋桃のご主人様って示す大事なものだから」

　首元に真っ赤なルビーのような宝石が埋め込まれたチョーカー。

「これって歩璃くんがしてるピアスと同じもの？」

「そうだよ。これが天彩学園で僕と恋桃の間で主従関係が成り立ってる証だから」

　このチョーカーは、そう簡単には外せないみたい。

　歩璃くんだけが外せる仕組みで、外し方は内緒だって。

　天彩学園までは綾咲さんが車で送り迎えをしてくれるので、歩璃くんと一緒に学園に向けて出発。

「そういえば、恋桃様に天彩学園のことについてまだ詳しく説明していませんでしたね」

　なんでも天彩学園には、一般クラスの他に "アルファクラス" という特別なクラスがあるようで。

　このクラスに入れる生徒は、学園全体で５％しかいない。

　選ばれた生徒だけが入れる特別なクラス——それがアルファクラスなのだ。

　選ばれるための条件もすごく厳しくて。

　頭脳明晰、運動神経抜群、家柄も相当地位が高くないといけない。

「歩璃様はすべての条件を満たしているため、アルファクラスに入ることが決定しております」

「僕も恋桃と同じ一般クラスでいいんだけど」

「お父様……理事長が許可されるとは思えませんが」

「り、理事長？」

「歩璃様のお父様は天彩学園の理事長でもあります」

　えぇ、そうなの……!?

「別に父さんが理事長だからって僕はカンケーないし」

「理事長は歩璃様が成長されることを常日頃から期待されておりますから」

「はいはい。まあ、父さんにはテキトーに頑張るからって伝えといてよ」

「テキトーではなく、しっかり頑張っていらっしゃるとお伝えさせていただきますね」

「はぁ……綾咲はしっかり父さんに教育されてるね」

「歩璃様もお父様のご期待にしっかり応えているではないですか。本日も新入生代表として挨拶を任されているのですから」

「だるいから辞退したいんだけど」

「それはいけません。入学試験で満点を取られて首席で入学なんてとても素晴らしいことじゃないですか」

　うんうん、首席で入学とかすごすぎるよ。

　歩璃くんって見た目も完璧で、勉強までできちゃうなんてどこまでハイスペックなの。

　ちなみに学園内に寮もあって、これはアルファクラスの生徒のみが入れる特別なもの。

　入学する際に、寮に入るか選べて歩璃くんは入らなかったみたい。

　そして、この天彩学園に存在する特殊な制度。

　それは……アルファクラスの生徒が、一般クラスの生徒

の中から自分が気に入った子をひとりメイドに指名するこ
とができるというもの。

「歩璃様がアルファクラス、恋桃様は一般クラスになります
ので、この場合歩璃様が恋桃様をメイドに指名すること
ができます」

「もう恋桃は僕のメイドだけどね」

　た、たしかに学園のメイド制度関係なしに、普通にお父
さんが契約書にサインして契約成立しちゃってるし。

「すでに学園側には歩璃様がメイド制度で恋桃様をメイド
として指名したことを報告しております」

　つまりお屋敷でも学園でもわたしのご主人様は歩璃くん
というわけですか。

「まあ、報告する必要もないけどね。父さんは了承してるし」

　今日は入学式だけなので通常の授業はないけれど。

　今後授業が始まったら、お昼休みは必ず歩璃くんがいる
アルファクラスに迎えに行って一緒にお昼を食べなきゃい
けないみたい。

　放課後も授業が終わったら歩璃くんを迎えに行くのが
ぜったい。

「んじゃ、入学式終わったらちゃんと僕のクラスに迎えに
来ることね」

「…………」

「来なかったらどうなるかわかるよね？」

「は、はい……」

　とりあえず、わたしは自分のクラスを確認して教室へ。

　はぁ……そもそも入学する予定もなかったこの場所でうまくやっていけるのかなぁ。

　ちょっと不安な気持ちで教室に入ってみたら、なぜか女の子たちからものすごーく見られてるし、何やら噂の的になってるような気がする。

「あの子が首につけてるやつってアルファクラスの生徒に気に入られたってことだよね!?」

「入学して早々アルファクラスのご主人様のメイドになれるとかいいなぁ～！」

　……なんて声が聞こえる。

　歩璃くんみたいな、アルファクラスにいる誰もが憧れる完璧な男の子からメイドに指名されたってだけで、こんな注目浴びちゃうのか。

　恐るべしアルファクラスの影響力……。

　わたしと同じでメイドに指名された子はいなさそ──。

「え、あっ、いた」

　なんと偶然なのか、わたしと同じチョーカーをしてる子を発見。

　たしかアルファクラスにいる生徒たちはみんな、それぞれ違う宝石の称号を与えられてるって。

　歩璃くんは真っ赤なルビーだけど、この子がしてるチョーカーの宝石は青色だからサファイアかな。

　いや、しかもこの子めちゃくちゃ可愛い……!!

　ポニーテールがものすごく似合ってて、瞳が大きくてキラキラしてるし、守ってあげたくなるような容姿。

　わたしが今まで出会ってきた女の子の中で群を抜いて可愛いよ‼

「あっ、あなたもチョーカーしてる！」

「え？」

「よかったぁ。わたしと同じ子がいて！」

　はっ、急に話しかけちゃったけど変に思われたかな⁉

　ちょっとびっくりした様子で、大きな瞳をさらに見開いてパチクリしてる。

　こんな天使みたいな子、友達になるしかないじゃん！

「わたし桜瀬恋桃っていうの！　よかったらお友達になってください！」

「えっ、あっ、わたしでよければぜひ！　か、硴水湖依です」

　あぁ、声も反応もめちゃくちゃ女の子らしい。

　ちょっと控えめで戸惑ってるのも可愛いなぁ。

「湖依ちゃんね！　わたしと名前似てるねっ」

「えっと、恋桃ちゃんって呼んでいいのかな」

「もちろん！　これからよろしくねっ」

　湖依ちゃんみたいないい子が友達になってくれてよかったぁ。

　入学式が始まるまで、湖依ちゃんと少し話すことに。

　湖依ちゃんもご主人様がいるみたいだけど、何か事情があるのかなぁ。

　話を聞いてみると、湖依ちゃんもわたしと同じで急に天彩学園に入学が決まったみたいで。

　しかも、こんなに可愛い容姿を持ってるのに男の子が苦

手なんだとか。

　でも、これだけ可愛かったらアルファクラスにいる男の子は湖依ちゃんをメイドに指名したくなっちゃうよね。

　しばらく話してると入学式が始まる時間になって、式が行われるホールへ移動。

　式が予定通り進んで、新入生代表の挨拶で歩璃くんが壇上にあがった瞬間。

　周りにいる女の子たちが少しざわっとした。

　歩璃くん朝の車では面倒くさそうにしてたけど。

　壇上にいる歩璃くんは、とても落ち着いてるし、立ち姿から話し方までぜんぶが凛々しいなぁ。

　入学式が終了して、担任の先生が来るまで自由時間になったのでお手洗いへ。

　入ろうとしたら中から女の子たちの盛りあがってる会話が耳に入ってきた。

「アルファクラスの男の子からメイドに指名されるの憧れるよね～」

　わぁ……ここでもこの話題かぁ……。

「わかる～。ってか、さっき入学式で代表で挨拶してた朱桃くんめちゃくちゃかっこよくなかった!?」

「たしかに～。かっこよさがもう別格だよね～。あんな人が彼氏だったらなんでもしちゃうわ～」

「メイドに指名してもらえたらなんでも言うこと聞いちゃうよね」

　なるほど……。歩璃くんは入学して早々こんなに女の子

から人気なのか。

　たしかに歩璃くんは誰が見てもかっこいいし、誰もが憧れるような何もかも完璧な男の子だもんなぁ。

　女の子たちが放っておくわけないよね。

　そんな人のメイドがわたしでいいのかなぁ……。

＊　＊　＊

　担任の先生が教室に来てから簡単なホームルームがあって、今日はこれで終わり。

　ちなみに今、歩璃くんからメッセージが届きまして。

　【あと5分で僕の教室に来て。こなかったらどうなるかわかるよね】って。

　ひぃ……なんて威圧的なメッセージなの……!!

　急いで教室を飛び出して、歩璃くんがいるアルファクラスがある別校舎へ。

「な、何この校舎……!　全体がガラス張りになってる!」

　一般クラスの校舎もかなり綺麗だけど、アルファクラスの校舎はそれよりもさらに綺麗で格段に違う。

　えっと、歩璃くんのクラスはここか。

　というか、これ勝手に教室の扉開けていいのかな。

　ちょっと躊躇してたら、いきなり扉が開いて。

「ちゃんと来たね」

「あ、歩璃くん!」

　グッドタイミングで歩璃くんが出てきてくれた。

「恋桃のことだから教室に入っていいか迷ってそうだと思って」

「うっ……歩璃くんはエスパーですか」

「それ前も聞いたね。恋桃の思うことなんてぜんぶお見通しだから。僕のこと誰だと思ってるの？」

　歩璃くんより完璧な男の子は他にいなさそう。

　きっと誰も敵わない——完全無欠の王子様っていうのは歩璃くんみたいな男の子のことを言うのかな。

　ふたりで校舎を出て、迎えの車が待ってる門まで向かってるんだけど。

「うぎゃ……そんな体重かけられたら歩けないよ！」

「ん……もう僕ね死ぬほど疲れてんの」

　かなりお疲れモードで、わたしにもたれかかって歩いてるし。

「あ、じゃあ歩璃くんのカバン持つよ！」

「いいよ。そんなことしたら恋桃が疲れちゃうでしょ」

「でも歩璃くん疲れてるって……」

「んじゃ、代わりに手つないでよ」

　空いてる片手をさらっと取られて、おまけにただつなぐだけじゃなくて。

「恋桃って手小さいね」

「あ、歩璃くんが大きいんだよ！」

　指を絡めて恋人つなぎ。

　歩璃くんは、いちいちドキドキさせるようなことしてくるからずるい。

　それに、こんなの他の子に見られちゃったらまずいん
じゃ。

「……なに、どうしたの？」

「こんなふうに手つないでるのあんまりよくないんじゃな
いかなって」

「なんで？　僕と手つなぐの嫌なの？」

「そういうわけじゃなくて。その……」

「言いたいことあるなら言ってよ」

「歩璃くん女の子たちからすごく人気あるみたいだし……」

「だから？」

「わたしなんかと手つないでたら、いろいろと誤解されちゃ
うんじゃないかなって」

「はぁ……なんだそんなこと？」

「そ、そんなことって。歩璃くん知ってる？　女の子みん
な歩璃くんのメイドになりたいって言ってて、入学式の挨
拶でもすごく注目集めてたんだよ？」

「へぇ、まったく興味ないね」

　ほんとに興味がないのか棒読み感すごい。

「ってか、恋桃以外の子からどう思われてるとかほんとど
うでもいいんだけど」

　つながれてる手にわずかに力が込められて。

「僕のメイドは恋桃でしょ？　他の子のことなんか気にし
なくていいよ。僕がそばにいてほしいと思うのは恋桃だけ
だから」

　歩璃くんの言葉は真っ直ぐで、ほんとにそう思ってくれ

てるんだってすごく伝わってくる。

*　*　*

　すでに迎えの車の横で綾咲さんが待っていて、わたしたちを見るなりにこっと笑ってる。
「これはこれは。相変わらずおふたりとも仲がいいですね。微笑(ほほえ)ましいです」
「恋桃がどうしても僕と手つなぎたいって言うから」
「えぇ!?　歩璃くんが言ったんじゃん!!」
「えー、そうだっけ。もう忘れた」
「忘れるの早すぎるよ!」
　結局、車に乗ってからも手はつながれたまま。
　それに、車に乗ってからお屋敷に着くまで歩璃くんはわたしの肩(かた)にコツンと頭を乗せて寝ちゃってる。
　そんな様子を見た綾咲さんが「歩璃様は恋桃様から片時(かたとき)も離れたくないのですね。歩璃様がここまで他人に気を許している姿はわたくしもあまり見たことがありませんので」って。
　たしかに歩璃くんって、自分のことはおろか他人にはもっと興味関心がなさそう。

*　*　*

　夕食をすませてお風呂に入る前。

「そういえば、恋桃にプレゼント用意した」
　歩璃くんがピンクの大きめの紙袋を持ってきた。
「わたし誕生日でもなんでもないよ？」
「僕が恋桃に着てほしくて用意したものだから」
　部屋着をプレゼントしてくれたみたいで。
「お風呂から出るまで中見ちゃダメ」
「そう言われると気になっちゃうよ！」
「いいから。それ着て僕のとこおいでね」
　結局、中身は見ないままお風呂に1時間くらい入って、出てきた今。
　袋から部屋着を取り出してびっくり。
「な、なにこれ……こんな大胆なの着れない!!」
　薄いピンクのキャミソールに、同じ色のパーカーのような羽織り。
　胸元すごくあいてるし、ズボンの丈も短すぎるよ。
　布が少なすぎるし、なんかちょっと透けてるし!!
　とりあえずこれしか着るものないから着るけど！
　すぐに抗議するために歩璃くんが待ってるであろう部屋の扉をものすごい勢いで開けた。
「歩璃くんなにこれ！」
「へぇ、可愛いじゃん。僕の見立てばっちりだね」
「こんな恥ずかしいの着れないよ！」
「いま着てるじゃん」
「だって、これしか着るのないもん」
「んじゃ、今すぐ僕が脱がしてめちゃくちゃにしてあげよっ

か？」
　これこのまま着てても危険だし、抵抗したら歩璃くんが
脱がそうとしてくるし、どのみち逃げ場ないじゃん！
「歩璃くん悪趣味……！」
「人聞きの悪いこと言わないでよ。恥ずかしがってる姿も
可愛いね」
「うっ……おかしいおかしい！」
「さっきからさ、悪趣味だのおかしいだの僕のことずいぶ
んけなしてくれるね」
　ひっ……なんか地雷踏んだ……!?
　でもでも、歩璃くんが変なことばっかり言うのがいけな
いんじゃ……！
「おいで。僕がたっぷり可愛がってあげるから」
　お姫様抱っこで強制的に寝室へ連行されてしまった。
　ベッドの上におろされて逃げようとすれば、歩璃くんも
ベッドに乗ってグイグイ迫ってきてる。
「たまらなくエロいね、その格好」
「なっ、ぅ……」
「僕ね、こういう絶妙に見えそうで見えないの好きなんだ
よね」
　歩璃くんは、たまにちょっと危険なこと言うときがある。
「でも脱がしやすいのがいちばん好き」
　真っ正面からわたしの身体ぜんぶを覆っちゃうように、
ギュッて抱きしめながら。
「ほら、恋桃の弱いとこ……こんな簡単に触れるんだよ」

「やっ……ぅ、そんなとこ触っちゃダメ……っ」

「そんなとこってどこ？　ちゃんと教えてくれないと僕わかんない」

　耳元で甘くささやいて、イジワルな手が太ももの内側を軽く撫でてる。

　これ以上ダメって首をフルフル横に振ると。

「……こんな誘うような格好してる恋桃が悪いんだよ」

「だ、だってこれ歩璃くんが……んんっ」

　不意に唇を塞がれて、唇からジンッと熱が伝わる。

　ただ触れてるだけで、少ししてからゆっくり惜しむように離れていって。

「はぁ……恋桃が可愛いから我慢できなくなるね」

　今度はわたしが着てるパーカーを少し引っ張って、肩が出るくらいまで脱がしていっちゃう。

「このキャミソールの肩紐リボンになってるんだけどさ」

「……？」

「このリボンほどいたら簡単に脱げちゃうのエロいよね」

「っ……!?　あ、歩璃くんの変態！」

「恋桃限定でね」

　わたしのメイド生活、まだまだ毎日が波乱の連続です。

第 2 章

メイドの仕事＝花嫁修業。

　歩璃くんのお屋敷でメイドとして生活をしてもうすぐ1ヶ月が過ぎようとしてる。

　今日も変わらず朝からごはんを作ってるんだけど。

「ま、また失敗だぁ……」

　本格的に料理教室とかで基礎(きそ)をきちんと習(なら)わないといけないレベルで大ピンチ。

「今日はしょっぱい！　なんでうまくいかないのぉ……！」

　お味噌汁(みそしる)すらまともに作れない……。

　やっぱり料理はからきしダメで。

「あぁ、卵(たまご)うまく割(わ)れない……」

　卵焼きにするはずが、うまくいかずにスクランブルエッグに変更。

　おまけに鮭(さけ)をグリルで焼いてたのすっかり忘れて放置してたせいでまる焦(こ)げになってしまい——朝ごはん作りに奮闘(ふんとう)した結果。

「うっ……失敗したやつわたしが食べるから、歩璃くんはシェフの人が作ったちゃんとしたやつ食べてください……」

「んー。別に普通に食べられるし、僕は恋桃が作ったやつがいいの」

　あからさまに落ち込んでるわたしに気を使ってくれてるのかなぁ。

　歩璃くんは毎日わたしがどれだけ料理に失敗しても、

ぜったい残さず食べてくれる。

「味噌汁の味がしなかったときはびっくりしたし、あんな甘い卵焼きは初めて食べたけど。その頃に比べたら成長してるんじゃない?」

優しかったと思えば、傷口に地味に塩をぺたぺた塗ってくる歩璃くん。

「まあ、これから先は長いし。花嫁修業だと思って頑張ればいいじゃん」

「は、花嫁修業なの!?」

「恋桃が将来僕のお嫁さんになるためのね」

「うぇぇ……!? そ、それって何かの冗談じゃ——」

「僕は結構本気だけどね」

なんともなさそうに言うから困っちゃう。

朝ごはんを食べ終えて、食器を洗ったあとは特に何もすることがなくなってしまった。

今日は授業がお休みの土曜日。

歩璃くんは今ここの部屋にいない。

たまに歩璃くんがふらっといなくなるときは、わたしが入っちゃいけない——書斎にいると思う。

何かしてるのかなぁとは思うけど、あんまり踏み込んじゃいけないような気がする。

窓の外に目を向けると、ちょうど綾咲さんがお庭の花に水をやってるのが見える。

歩璃くんもいないことだし、綾咲さんのお手伝いでもしよう。

「綾咲さん！」

「恋桃様？　どうかされましたか？」

「あ、えっと何かお手伝いできることがあればと思って！
歩璃くんはどこか別の部屋にいるみたいなので」

「そうですか……。では、一緒に花壇のお手入れを手伝っ
ていただけますか」

「はいっ」

　お庭の花壇はたくさんあるし、すごく大きくていろんな
花が咲いてる。

「お屋敷での生活はもう慣れましたか？」

「まだまだ慣れないことばかりで毎日失敗の連続です……」

「とても一生懸命なのは伝わっていますよ。あまり落ち込
まずに日々勉強ですね」

「うっ、そうですね。頑張ります……！」

　それにしても、お屋敷のお庭ほんとに広いなぁ。

　いちばん大きな花壇には、シロツメクサがたくさん咲い
てる。

「わぁ、シロツメクサ！　わたし小さい頃よくシロツメク
サで指輪とか花冠を作ってたんです！」

　懐かしいなぁ。

　そういえば、昔シロツメクサがたくさん咲いてる場所に
行った記憶があるんだけど。

　いまいちどこか思い出せない。

　小さい頃のことだからあんまり覚えてないのかな。

「ではおひとつ作ってみてはどうですか？」

「え、いいんですか！」

「あとのお庭のことはわたくしがやっておきますので」

「す、すみません。お手伝いに来たのに」

「いえ、お気になさらないでください。では、わたくしは
奥の花壇におりますので」

　シロツメクサの花冠なんて作るのすごく久しぶりだから
うまくできるかな。

　そういえば昔、四つ葉のクローバーも探したりしたなぁ。

　でも全然見つからなくて。

　だけど、一度だけ四つ葉のクローバーを見つけることが
できたとき、それを押し花にして誰かにあげたんだっけ？

　記憶がボヤッとしてて、はっきり思い出せない。

　うまくできるかちょっと不安だったけど、意外と覚えて
たみたいで少し時間をかけたら花冠がひとつ完成した。

「えへへっ、懐かしくて可愛いなぁ」

　小さい頃はこれを頭の上に乗せて走り回ってたっけ。

　今かぶったら似合わないかな。

　と思いつつも、せっかく作ったからかぶっちゃおう。

　ルンルン気分で花冠をかぶってみると。

「……恋桃？」

　歩璃くんがお屋敷から出てきてわたしのことを探してる
様子。

「あっ、歩璃くん！」

　名前を呼びながら駆け寄っていくと。

　歩璃くんがびっくりした様子で固まったまま。

「これね、お庭のシロツメクサで花冠作ったの！」

　あれ？

　歩璃くんの反応が薄い。

　はっ……もしかして、そんな似合ってないのかぶってないでちゃんとメイドの仕事したら？とか思われてる？

「あ、あゆりく……きゃっ」

　急に強い力で抱き寄せられたからびっくり。

　それに一瞬、歩璃くんの泣きそうな顔が見えた。

「あゆり、くん……？」

「……それ、すごく似合ってるね」

「あ、ありがとう。歩璃くんはどうかしたの？　なんだか悲しそうな顔してるように見えて」

「……悲しくないよ。恋桃が可愛すぎて見惚れてただけ」

「か、かわ……っ!?」

「恋桃はほんとにいつも可愛いよ。だから、その可愛さ見せるのは今もこれからも僕だけにして」

　歩璃くんに触れられて、可愛いって言われて心臓が勝手にドキドキしちゃう。

　わたしがそんなことになってるのを知らない歩璃くんはさらに。

「ふたりっきりになりたいから部屋戻ろ」

「ひぇ……うわっ……！」

　お姫様抱っこで強制的に歩璃くんの部屋へ。

　寝室に連れて行かれてベッドの上におろされた。

　歩璃くんは相変わらず、ずっとわたしのことを抱きしめ

たまま。

「あの、歩璃くん？　そろそろギュッてするのやめて離れたほうが……」

「ん……いま恋桃から離れたくない」

　なんだか歩璃くんがいつもより甘えん坊になってる。

　身体をすり寄せて、さらに甘えてきてる。

　さっきの歩璃くんの泣きそうな顔を見てる手前、あんまり強く言えないなぁ……。

　しばらくこのままかな。

「あ、そういえば歩璃くんのお父さんってあんまりお屋敷には帰ってこないの？」

　普段生活してて、お屋敷で歩璃くんのお父さんを見かけたことがないような。

　わたしが歩璃くんのお父さんのことで知ってるのは天彩学園の理事長さんってことだけ。

「んー、あんま帰ってこないかも。仕事が忙しいんじゃない？　小さい頃から僕の世話は綾咲がしてくれてるし、父さんは綾咲のことすごく信頼してるからね」

　少し前に綾咲さんから聞いたのは、歩璃くんにはわたしと同じでお母さんがいないこと。

　小さい頃に離婚したらしく、歩璃くんの前でお母さんのことはあんまり話さないほうがいいかもって言われてる。

「そ、そうなんだ。わたしが勝手にここに住んじゃってること、歩璃くんのお父さんは了承してくれてるのかなって」

「了承してるに決まってるじゃん。父さんも恋桃に会いた

がってたし」

「ほ、ほんとに？　じゃあ、いつかちゃんとご挨拶しなきゃだね……！」

　メイドとして雇ってもらって、こうしてお屋敷に住まわせてもらってるわけだし。

「ってか、さっきシロツメクサの花冠すごく似合ってたね」

「昔よく作ってたの。お母さんがすごく器用でね、作り方教えてもらって……」

　今までお母さんを思い出すことは何度もあって。

　お母さんがいた頃が懐かしくて、とても幸せで。

　その幸せが一瞬で壊れてしまう未来なんか、ちっとも想像できなかったから。

　今お母さんとの思い出を振り返ると、ちょっとだけ胸が苦しい。

　ふと自分の中で何かがゆるんで、お母さんのことを深く思い出せば思い出すほど、胸がどんどん苦しくなって涙が出てきそうになる。

　歩璃くんは何も事情を知らないから、わたしがここで暗い顔して泣き出したら心配しちゃう。

　不自然に思われないように、会話をつなごうとしたら。

「いいよ、無理に話さなくて」

　何か察してくれたのか、いつもより優しい声でそう言ってくれた。

　その優しさが心にジンッと染みて、歩璃くんにお母さんのことを少しだけ話したいって自然と思った。

「わたし小さい頃にお母さんを事故で亡くしてて……」

「うん」

「だから、お母さんとの思い出でもあるシロツメクサがだいすきで……」

　歩璃くんからしたら、急にこんな話を語られてもどんな反応したらいいか困ると思う。

　でも……。

「僕もシロツメクサ好きだよ」

「……え？」

「僕にとっても大切な思い出の一部だから」

　偶然なのか、歩璃くんにもわたしと同じでシロツメクサに思い出があるんだ。

「恋桃が僕の父さんに会いたいと思うのと同じで、僕もいつか恋桃のお母さんにきちんと挨拶したいなって思ってるから」

　何かを決意したかのように、濁すことなくはっきり伝えてくれる。

　どうして歩璃くんは、ここまで言ってくれるんだろう？

「さ、最近ね、お母さんのお墓参り行けてなくて」

「んじゃ、今度時間作って僕と一緒に行こ」

「い、いいの？」

「もちろん。恋桃が話すのつらくなかったら、恋桃とお母さんの思い出も聞きたいって思うよ」

「歩璃くん今日すごく優しいのなんで……？」

「……なんでだろうね。でもね、僕が優しくしたいと思う

のは恋桃だけだよ。昔も今もこれからもずっとね」

　なんだかいつもの歩璃くんとは少し違う一面を見れたような気がした。

ご主人様に甘いご奉仕。

　最近わたしの学園でのお昼休みはとっても慌ただしい。

「あわわっ、もうこんな時間！」

　午前の授業が終わって、ダッシュで歩璃くんの教室へ。

「はぁ……恋桃来るの遅いよ」

「これでも急いできたんだよ！」

「僕は１秒でも早く恋桃と会いたいのにさ」

「どれだけ頑張っても時間には限界というものがありまして！」

「へー、興味ない。ってか、早く部屋行こ」

「ぬぅ……」

　わたしの言い分まったく通らず。

　自由人な歩璃くんはわたしの手を引いて教室を出てとある場所へ向かう。

　お昼休みは、いつも決まった部屋で過ごしてる。

　アルファクラスの生徒のみが使えるVIPルームとやらが存在するわけで。

　部屋の前のガラスのプレートにVIPルーム朱桃歩璃様って書いてある──完全に歩璃くんのためだけの部屋。

　中はすごく広くて、テーブルとそばに大きなソファがあって。

　いつも歩璃くん専属のシェフの人が、歩璃くんが好きな洋食（ようしょく）をずらっと並べて待機（たいき）してる。

　おまけにわたしの分まで用意されてる。

　すごすぎるよお金持ちの世界。

　お昼ごはんを食べ終わると、シェフの人は部屋を出ていって歩璃くんとふたりっきり。

　ここからお昼休みが終わるまで、歩璃くんの甘えたが発動する。

「ねー、恋桃。疲れた」

「まだ午前が終わったばっかりだよ」

　横からギュウッと抱きついてきて、ものすごく甘えてる。

「ってか、もう早退(そうたい)でよくない？　午前中ずっと恋桃と離れて我慢してた僕えらいよね？」

「えらくないよ！　それが普通のことだもん」

「恋桃のくせに僕に口答えするの？」

「歩璃くん口悪い！」

　最近気づいたこと。

　歩璃くんは不機嫌(ふきげん)で拗ねてるときとか、自分の思い通りにならないとものすごく口が悪くなる。

「恋桃が甘やかしてくれないから」

「充分甘やかしてるのに！」

「全然足りない」

　うっ、これはまずい。

　歩璃くんが暴走(ぼうそう)し始めたら止まらなくなるから、なんとか阻止(そし)しなければ！

「もうすぐお昼休み終わっちゃうよ！」

「だから何？　ってか、昼休み短すぎると思うんだよね。

僕と恋桃だけ特別に 1 時間にしてもらえるように父さんに
頼もうかな」

　歩璃くんはたまに頭のネジが数本ぶっ飛んだようなこと
を平気で言ってくる。

「こういうときこそ理事長の息子の権限使ってもいいと思
うんだよね」

「いやいや、それダメだよ!!　学園ではみんな平等だか
ら!」

　――と、こんな感じの言い合いを繰り返した結果。

　あっという間にお昼休み終了の時刻が迫ってきてる。

　本鈴が鳴るまであと 5 分。

　時間ないから早く教室に戻らなきゃなのに。

「ほら歩璃くん急いで!」

「はぁぁぁ……やだ無理めんどくさい」

「そんなこと言わないで……きゃっ」

　ここ廊下なのに。

　歩璃くんが急にガバッと抱きついてきた。

「ってかさ、恋桃気づいてる?」

「え、何を?」

　さらに身体が密着して、歩璃くんの体温と心臓の音が伝
わってくる。

「僕いま恋桃のこと欲しくてたまんないんだけど」

「えっ、あ、え……っ」

　わたしの手を引いて、人目のつかない空き教室に連れ込
んで――ガチャッと鍵をかけた。

「ねぇ……ほら僕こんな状態じゃ教室戻れない」

「うっ……まって」

「我慢できない、無理」

　普段澄ました顔してる歩璃くんが、こんな熱い瞳で見て
くるときは……。

「なんで歩璃くん発情してるの……っ？」

「恋桃が触れさせてくれないから」

　うっ、そんなこと言われても。

「いま僕さ、あんま抑えきかないよ」

　わたしは発情してない状態だったのに。

　歩璃くんの瞳を見てたら、身体の奥がジンッと熱くなっ
て本能が歩璃くんを欲しがりはじめてる。

「早く恋桃がキスで抑えてくれないと」

「なっ、できな……んんっ」

　すくいあげるように唇にグッと押しつけられるやわらか
い感触。

　扉に身体を押さえつけられたまま。

「なぁ、そういえばさ次の数学の課題もう終わった？」

「俺まだやってないわ〜」

「だよな〜。俺もこのまま未提出で終わりそうだわ」

　ひっ……扉越しに会話が聞こえる。

　鍵をかけてるし声を抑えてたらバレるわけないのに、内
心すごくドキドキして外の声が聞こえるとヒヤヒヤする。

「内緒のほうが興奮するね」

「……んっ、ぅ……」

やだやだ、歩璃くんこの状況(じょうきょう)愉しんでる……！

　なんとか歩璃くんの暴走を止めなきゃいけないのに。

「ねぇ、声出してくれないとつまんない」

「ひゃぁ……ぅ……」

「ほらいい声出た」

　唇をやわく噛んで、少しずつ動きをつけてキスがどんどん深くなっていく。

「ぅ、ダメ……だよっ。誰かに聞かれちゃう……っ」

「聞かれないように僕が塞いであげるから」

　苦しくてわずかにあけた口に舌が入り込んで、さらに熱くてクラクラする……っ。

「恋桃の可愛い声他の男に聞かせるわけないでしょ」

「んぅ……」

「僕だけだよ。恋桃が感じてる可愛い声聞けるの」

　キスが深くて頭ボーッとして。

　脚にもうまく力が入らなくなっちゃう。

　……のに、歩璃くんは加減を知らない。

「恋桃はここ好きだもんね」

「ひゃぅっ……そんなとこ触っちゃやだ……っ」

　スカートを少しだけまくりあげて、無遠慮(ぶえんりょ)に太もものあたりに触れてくる。

「このやわらかいとこさ……撫でながらキスされるのきもちいいでしょ？」

　緩急(かんきゅう)のつけ方が絶妙で、与えられる刺激が少しずつ強くなって身体がゾクゾクしてる。

「身体は素直だもんね」

「ふ……ぅ、もう……んんっ」

「声抑えなくていいの?」

「ぅ、やぁ……っ」

　わざと声を出させるように焦らすような手つきから、急に刺激をグッと強くして攻めてくる。

「恋桃も熱くなってきた?」

「そ、そんなこと……や……っ」

　口元を手で覆うけど、その手は簡単に壁に押さえつけられて。

「……ねぇ、恋桃知ってる?」

「ふぇ……っ?」

「恋桃の身体ってね、ものすごく敏感なんだよ」

「っ……」

「僕に触れられると、きもちよさそうに甘い声出すもんね」

　そんなの言わなくていいのに……っ。

　耳元でささやいて、息をフッと吹きかけて耳たぶを甘噛みして。

「このままもっときもちいいことする?」

「し、しない……っ」

「じゃあ、夜までおあずけ?」

「夜もダメ……っ」

「んじゃ、恋桃の身体が欲しくなるように——たくさん甘く攻めてあげる」

　今夜ぜったい離さないって不敵な笑みを浮かべる歩璃く

んはとっても危険。

* * *

「あゆり、くん……っ、もう寝なきゃ……んんっ」
「まだ発情治まんない」
「はぁ……っ、ぅ」
　夜寝る前……ベッドに入ってからキスの繰り返し。
　身体熱くて発情したまま、歩璃くんまで発情してお互いを求めあってキスが止まんない。
　もう何度唇を重ねたかわかんないくらい、ずっとずっとキスされて頭クラクラしちゃう。
「恋桃もキスに応えて」
「で、できな……」
「もっと深く激しくしていいの？」
「うっ……やっ……」
　本来なら発情したら番のキスで治まるはずなのに。
　歩璃くんとのキスがきもちよすぎて、気持ちが高まるばかり。
「恋桃の熱……僕にもちょうだい」
　口の中にグッと入り込んでくる熱がうまく絡め取って、どんどん深くかき乱して。
「ねぇ、ほら僕に応えてよ」
「んぅ……っ」
　されるがままで、いっぱいいっぱい。

　ずっと唇を塞がれて、いまだに息をするタイミングがわかんない。

　苦しいキスなのに、自分の中にある本能が歩璃くんを求めてる。

「口もっとあけなよ」

「ぅ……もう……っ」

「ほらもっと」

「んんっ……」

　酸素（さんそ）を求めても、イジワルな歩璃くんのキスが邪魔（じゃま）してずっと苦しい。

　こんなにキスしてるのに、キスがきもちよすぎて発情が治まらないなんて。

「はぁ……っ、どれだけ恋桃のこと求めても足りないね」

　歩璃くんも息を乱しながら、熱っぽい瞳でさらに深く求めて止まってくれない。

「ほんとにもう、限界……っ」

「僕も恋桃が足りなくて限界」

　このままずっとふたりとも発情が治まらないなんてことあるの……っ？

　そんなこと考えちゃうくらい、お互いがお互いを求めすぎて歯止（はど）めがまったくきかない。

　理性がぜんぶ機能しなくなってる。

「薬……っ、抑制剤（よくせいざい）飲みたい……っ」

「……ダメ。飲むの禁止って言ったでしょ」

　ちょっと前に、発情を抑える効果のある抑制剤を歩璃く

んからもらった。
　手のひらサイズの透明のケースに何錠か入っていて。
　どうしても発情が治まらないときに飲むといいよって。
　番のキス以外で発情を抑えるときの緊急薬として使って
いいみたい。
　運命の番と出会った人は、これを常備しておくことが
推奨されているんだとか。
　ただ、抑制剤を飲むと身体に大きな負担がかかるから、
服用するのはあんまりよくないみたい。
　歩璃くんからも「抑制剤は緊急用だから普段使うのは
ぜったい禁止ね」って言われてる。
　おまけに「恋桃が発情したら僕がキスで抑えてあげるか
ら」って。
「もう苦しくて……っ」
「んじゃ、もっと甘くて強いのしてあげるから」
「つ、強いの身体もたないよ……っ」
「恋桃は素直に感じてたらいいよ。きもちいいことしかし
ないから」
　刺激がさっきよりも強くなって──たまっていた熱が一
気にはじけるように分散した。
　頭ふわふわして何も考えられない……っ。
　身体にもまったく力が入らなくて、グタッとしたままぜ
んぶを歩璃くんにあずける。
「治まった？」
「ぅ……こんなにキスするのずるいよ」

「仕方ないでしょ。昼休みおあずけ食らったんだから」

「あんなにたくさんキスしたのに……っ」

「僕は満足してなかったけど」

「歩璃くんのキャパおかしい……っ」

「そう？　まあ、恋桃のことになると僕おかしいくらい狂っちゃうからね」

　まだまだ歩璃くんの甘さには慣れません。

甘い刺激にはご注意を。

　とある休みの日。

　綾咲さんのお手伝いで、お屋敷の前を掃き掃除していたら、お客さんが来たみたいで。

　急いで綾咲さんを呼びに行こうかと思ったんだけれど。

「あ、キミが恋桃ちゃんだ？」

「え？」

　なぜか相手の男の人はわたしのことを知っている。

　はて……わたしの知り合いだっけ？

　少し派手な髪色に、ものすごく大人っぽい顔立ちで、スタイルもとてもよくて。

　片耳にキラッと光る緑色……エメラルドみたいな宝石のピアスをしてる。

「噂には聞いてたけど、たしかに恋桃ちゃん可愛いねー。歩璃（ほ）が惚れこんでるわけだ？」

「噂とは……どこで噂されてるんでしょうか？」

「んー、俺と歩璃の間？」

　ということは、歩璃くんの知り合い？

「そ、そうですか。じゃあ、歩璃くんを呼んできます」

「あ、でも恋桃ちゃんのことも気になってるよ？　一度話してみたいなぁと思ってたから」

　なんだかこの人、ちょっとだけ歩璃くんと似た部分があるような。

　話し方とか雰囲気とか。

　歩璃くんのお兄さん……ではないよね。

　顔はそんな似てないし、お兄さんがいるなんて話は聞いたことないし。

「あ、それ。歩璃からもらったチョーカーだ?」

「ひっ……近いです!」

　急にグイッと近づいてきて、ふわっと柑橘系（かんきつけい）のさっぱりした匂（にお）いがする。

「へぇ、結構ピュアな反応だね。歩璃はこういうタイプが好みなわけねー。俺と似てるなぁ」

　クスクス笑いながら、じっと顔を見てくるし全然離れてくれない。

　この人、初対面なのに距離感おかしい……!

「でも安心して。俺にはちゃんと──」

「悠様（はるか）、お久しぶりでございます」

「あ、綾咲さん久しぶりだねー」

　突然綾咲さんが現れて、わたしを隠すように前に立った。

「あれ。恋桃ちゃん隠されちゃったね」

「悠様が恋桃様と仲良くされますと、歩璃様が気分を悪くされる恐れがありますので」

「わー、歩璃って俺と似て心が狭（せま）いね。まあ、好きな子を他の男の目に映したくないのはわかるけどさ」

　ひょこっと横から覗（のぞ）き込むように、わたしのことを見てにこにこ笑ってる。

「自己紹介（じこしょうかい）が遅れちゃったね。俺は碧咲悠（みさきはるか）。歩璃のいとこ

だからよかったら名前覚えてね」

「えっ、歩璃くんのいとこなんですか？」

「そうそう。よくこうやって歩璃の屋敷にお邪魔させてもらうんだよね」

　なるほど。それでちょっとだけ歩璃くんと雰囲気が似てるわけだ。

「あ、ちなみに俺も歩璃と恋桃ちゃんたちと一緒で天彩学園に通ってるから」

「えっと、じゃあ先輩ですか？」

　あきらかに年上っぽいし。

「恋桃ちゃんたちよりふたつ上の3年だから先輩だね」

　あぁ、やっぱり。

　ということは、この人がしてるピアスは歩璃くんと一緒でアルファクラスの生徒にしか与えられないものなんじゃ。

　歩璃くんもすごくかっこいいけど、碧咲先輩も引けを取らないくらいかっこいい。

　歩璃くんと同じで、頭もよくて運動もできて家柄の地位も相当高いに違いない。

「でも年上だからって気使わなくていいよ？　歩璃なんて俺のこと年上だと思ってないだろうし」

「歩璃くんとわたしは立場が全然違うので、碧咲先輩にそんな馴れ馴れしくできないです」

「悠でいいよ？　碧咲先輩なんて他人行儀なの俺苦手だなぁ」

　他人行儀って他人じゃないですかって突っ込みたかったけどやめておこう。
「う、うわ……！　今度はなにごと……!?」
　急に後ろからものすごい力で引っ張られて、おまけに視界が大きな手で覆われた。
「……なんで悠が恋桃と仲良さそうにしてるの？」
「久しぶりだねー、歩璃」
　わたしの視界を塞いでいるのは歩璃くんのよう。
　なんだか心なしか、いつもより機嫌が悪そう。
「悠はいちいち距離近すぎ。僕の恋桃に気安く近寄らないでよ」
「いいじゃん、俺と歩璃の仲なんだし」
「よくない。恋桃のことに関しては別だから」
「わー、相当惚れこんでるんだ？　わかるなぁ、俺だって自分の愛してやまない子は他の男となんてぜったい仲良くしてほしくないし」
「…………」
「相手の男にちょっとでも気があるってわかったら、俺そいつのこと消したくなっちゃうからさ」
　なんだか怖いこと言ってるよぉ……。
　悠先輩って穏やかに見えて、じつは怒らせるとかなりヤバいタイプかもしれない。
「そういえば理事長は屋敷にいるの？」
「最近帰ってきてないけど」
「へぇ、そっか。まあ、今日は噂の恋桃ちゃんに会うのが

目的だったし？」

「ほんと何しに来たの」

「まあ、とりあえず立ち話もなんだから屋敷の中に入らない？」

「それ僕が言うセリフでしょ」

「はいはい、細かいことは気にしなーい」

　悠先輩って結構自由な性格かも。

　歩璃くんと悠先輩が部屋で話してる間、わたしは綾咲さんのお手伝いをすることに。

　そして２時間くらいが過ぎた頃。

「歩璃さっきから顔怖いよ？」

「誰のせいだと思ってるの？」

「俺のせいかなぁ」

「わかってるならさっさと帰りなよ」

　ふたりが部屋から出てきて、悠先輩が帰る様子。

「あ、恋桃ちゃん。俺いまから帰るからお見送りしてもらってもいい？」

「えっ、わたしですか？」

「うん。歩璃はついてくるの禁止ねー」

「は……なんで」

「恋桃ちゃんと話したいことあるからさー」

「……変なこと吹き込んだら悠でも容赦しないけど」

「はいはい。んじゃ、少しの間だけ恋桃ちゃん借りるね」

　歩璃くんぜったい反対すると思ったのに、悠先輩のお見送り承しちゃうんだ。

　まあ、渋々だったけど。

　こうして迎えの車が待機してる門まで悠先輩と一緒に行くことに。

「どう？　歩璃との生活は」

「毎日とにかく大変です」

「そっかー。歩璃の世話が大変なんでしょ？　歩璃はわがままで甘えたがりだし自由奔放だからねー」

「そ、そそそんなことないですよ！」

「ははっ、恋桃ちゃんわかりやすいねー。歩璃にそんな反応したこと言ったら大変なことになるだろうから内緒にしておいてあげるよ」

「うぬ……」

「まあ、歩璃は恋桃ちゃんが何したって怒らないだろうし、むしろ何しても可愛いとか思ってそうだけど」

「いやいや、そんな」

「ここだけの話、歩璃はすごく一途だからね」

「そ、そうですか」

「きっと今の歩璃から恋桃ちゃんっていう大切な存在がいなくなったら歩璃はダメになっちゃうよ？」

　さっきまで冗談っぽく話していたのに、急に真剣に落ち着いた感じで言われたから、どう反応したらいいのか困る。

「それくらい──歩璃にとって恋桃ちゃんはそばにいてほしい存在なんだよ」

　わたしと歩璃くんは出会ったばかりなのに。

　どうしてそんなことがはっきり言えるの？

「歩璃の最大の弱点は恋桃ちゃんかなぁ」

　歩璃くんの中で、なんでそんなにわたしの存在が大きいのか全然わかんない。

「今は俺の言ってることあんま信じられないだろうし、疑問に思ってるかもしれないけど。歩璃と一緒に過ごしていくうちに何か気づけることがあるといいね」

「気づけることって──」

「あ、迎えの車来てるね。ありがとね、ここまでお見送りしてくれて」

　なんだかうまく話をそらされちゃったような気がする。

　結局、何も聞けないまま悠先輩は車に乗っちゃった。

　最後に車の窓から顔をひょこっと出して。

「さっき話したことは歩璃には内緒ね。俺も大切にしたい子がいるから歩璃の気持ちわかるんだよね」

「わ、わかりました」

「じゃあ、今日はいろいろありがと。これからも歩璃のことよろしくね」

　こうして悠先輩は嵐のように去っていった。

　お屋敷に戻ると、すかさず歩璃くんがギュッと抱きついてきた。

「悠に何もされなかった？」

「うん。ちょっと話したくらいかな」

　てっきり何を話したか聞かれるかと思ったけど。

　歩璃くんは黙り込んだまま。

「変なこと言われなかった？」

「歩璃くんのことよろしくねって」

「……そ。ならいいけど」

　　　　　　　　＊　＊　＊

　あれから数時間が過ぎて夜を迎えた。

　今からちょうどお風呂に入るところ。

　湯船に浸かって今日あったことをボーッと振り返る。

「悠先輩は何か知ってるのかなぁ」

　何やら歩璃くんのことを深く知っていそうだったし。

　歩璃くんにとってわたしがそんな大事な存在だっていうのは、いまいちピンとこないし。

　うーん……考えても結局よくわかんない。

　でも、どうしても気にかかる。

　歩璃くんが時々見せる切羽詰まったような態度も気になるしなぁ。

「はぁぁぁ……考えれば考えるほど迷宮入りだよ……」

　お風呂の中でずーっといろいろ考えてしまった結果。

　気づいたらものすごい時間湯船に浸かっていて。

「うぁ……クラクラする……」

　湯船から出ようと立ち上がった瞬間、目の前が真っ暗になって立つのも難しい。

　あぁ……これ完全にのぼせちゃってるよ。

　お風呂の扉をあけると、少しひんやりした空気が肌に触れてきもちいい。

　でも、身体に熱がこもりすぎてずっとポカポカしたまま。

　ボーッとする意識の中、なんとか身体を拭いて着替えることができたんだけど。

「恋桃どうしたの？　顔ものすごく真っ赤だけど」

　フラフラの足取りで部屋に戻ったら、歩璃くんがそれに気づかないわけなくて。

「ぬぁ、ぅ……熱くて熱いよ」

「うん、なんか日本語めちゃくちゃだね」

「うぅぅ……ものすごく熱くて死んじゃう……」

　フラフラッと歩璃くんのほうに倒れ込むと、わたしの身体をキャッチしてくれた。

「たしかに熱いね。もしかしてお風呂でのぼせた？」

「ん……ゆでだこになっちゃった」

「頭も結構やられてるね。そんなとこも可愛いけど」

「かわ……？」

「身体つらいだろうから僕がベッドまで運んであげる」

　優しく抱っこされて寝室へ。

　ベッドの上におろされて、へにゃっと身体ぜんぶの力が抜けちゃいそう。

「さっき冷蔵庫からお水持ってきたから。これ飲んだら少しは身体の熱引くかもよ？」

「ん、お水飲む……っ」

　歩璃くんもベッドの上に乗ってきて、ペットボトルを渡してくれた。

　そのまま口に運ぼうとしたんだけど、なんだか手元が安

定しなくて。

「ぅ……飲めない……」

　口の端からドバドバお水があふれてる。

　これじゃベッドの上にお水こぼれちゃう。

「うぅ……歩璃くんお水飲めない……っ」

「飲ませてほしい？」

　コクッとうなずくと、歩璃くんはなんでかものすごく不敵な笑みを浮かべてる。

「じゃあ、恋桃は口あけておとなしくしてて」

「……？」

　わたしの手からペットボトルを奪い取った。

　あれ……？

　なんで歩璃くんがお水飲んじゃうの？

　わたしに飲ませてくれるんじゃないの？

「あ、あゆりくん？」

　ん？って首を傾げながら、前のめりで近づいて。

　唇をふにふにされて、歩璃くんの指先が少し強引に口をこじあけようとしてくる。

「あゆりく……んん……っ」

　急に唇が重なって、しっかりグッと押しつけてくる。

「ん……んぅ……」

　触れてる唇から伝わってくる熱と。

「っ……！」

　口の中にひんやり冷たい水が流れ込んでくる。

　やだやだ、これキスしてるだけじゃん……っ。

　流れてくるお水をゴクッと飲み込んでも、歩璃くんはキスをやめてくれないし、さらに流し込んでくるから。

「うぁ……ん」

　わずかに口の端からツーッとお水がこぼれちゃう。

　それを歩璃くんが器用に指先で拭ってくれる。

　喉を通るお水が冷たくてきもちいいのに。

　それ以上に歩璃くんとのキスがさらに熱を誘うから、身体がどんどん熱くなってくる。

「ん……これでぜんぶ飲めたね」

「はぁっ……ぅ」

　少しだけ唇が離れて、息が切れてるわたしと相変わらず余裕そうにしてる歩璃くん。

「冷たくてきもちよかった？」

「ぅ……」

「それとも……僕とのキスのほうがきもちよかった？」

「っ……」

「その反応だとキスのほうがよかったんだね」

　もっとしよって誘うみたいに、弱いところをうまく攻めてきて。

「……恋桃いつもより色っぽい。僕も男だから我慢できないのに」

「まっ、んんっ……」

　歩璃くんのほうに抱き寄せられて、また唇が重なって。

　軽く触れて、少しずつ唇を動かして。

　やわく挟んだり、チュッと吸ったり。

　ずっと唇が触れたままで、こんなのドキドキしないわけなくて。

　歩璃くんにキスされたり触れられたりすると、ぜんぶきもちよくて甘い熱に溺れていっちゃう。

「はぁ……っ、あつ」

「ぅ……は……っ」

「恋桃も熱くなった？」

　身体の奥がうずいて。

　歩璃くんのこともっと欲しくなって理性が全然働かない……っ。

「そんなとろけた顔して。僕のこと欲しくてたまんないの？」

「ひゃぁ……っ」

　キスしながらわたしの唇を舌でペロッと舐めて甘く誘い込んでくる。

　でも、それ以上の刺激は与えてくれない。

「お水もっと飲む？」

　甘い熱に痺れて、ぜんぶ感覚おかしくなってるせい。

　歩璃くんのこともっと欲しいって、本能が求めたら抑えなんかまったくきかない……から。

「ん……飲む。あゆりくん飲ませて……っ」

　歩璃くんの首筋に腕を回してギュウッてしたら。

「へぇ……欲しくなったときの恋桃はいつもより素直で積極的なんだ？」

　イジワルそうにニッと笑って、またお水を口に含んで。

　唇を指先でトントンされて……これはちゃんと口あけてってサイン。

　控えめに口をあけると、そのまま吸い込まれるように唇が重なって、冷たい水が流れ込んでくる。

「んん……っ、んっ」

　苦しいのに、さらに舌がグッと入り込んできて甘い刺激に身体がピリピリする。

　口の中が歩璃くんの熱でいっぱいになって……苦しいのにきもちよくて。

「……可愛い。僕にキスされてそんな可愛い顔するの反則だよ」

　まんべんなくキスをして、唇ぜんぶ食べられちゃってるみたい。

　熱くてクラクラして、余裕なんてどこにもなくて。

　キスだけでいっぱいいっぱいなのに。

「ねぇ、今度は恋桃が僕に飲ませて」

「ふぇ……っ?」

　欲しがりな歩璃くんは、求めるのをやめてくれない。

「できるでしょ?　ほら僕がやったみたいに」

「んっ……」

　ペットボトルを口にあてられて、ゆっくり中に水が流れ込んでくる。

「これ飲んじゃダメだよ。ちゃんと僕にキスしてぜんぶちょうだい」

「っ……」

98

「そんな可愛い顔してもダメ。ちゃんと僕に奉仕してよ」

　きっと歩璃くんは、言われた通りにしないと許してくれない。

「口あけててあげるから。熱くて甘いのちょうだい」

　こんなのほぼ自分からキスするのと変わらないのに。

「ん、唇あててあげるから」

　歩璃くんのほうから軽く触れる程度に唇を重ねてきて。

　でも、それより先は何もしてくれない。

　こんなの恥ずかしくて死んじゃいそう……っ。

　結んでいた口元をわずかにゆるめて……いつも歩璃くんがしてくれるみたいに控えめに熱を入れると。

「あま……。もっと欲しくなる」

「んぅ……っ、んん」

　うまくわたしの熱を絡め取ってキスの主導権があっという間に逆転。

「あんま焦らされるの好きじゃないんだよね」

「ふぅ……ん」

「僕やっぱり攻めるほうが好きみたい」

「へ……っ」

「恋桃が満足するまでたっぷり攻めてあげるから……バテちゃダメだよ」

「っ……」

　この日の夜は、意識が飛んじゃうまで求めて求められて。

　そして翌朝──。

「キスきもちよかったね。恋桃があんな欲しがりだったな

んてね」
「うわぁぁぁ、もうそれ以上言わないで……!!」
　この出来事を思い出して恥ずかしくなって叫んだのは言
うまでもない。

弱ったご主人様。

　歩璃くんのお屋敷に住み始めて早くも２ヶ月くらいが過ぎた頃。

　ここ数日、なんだか歩璃くんの顔色がよくない。

　疲れがたまっているのか、それとも風邪(かぜ)をひいてるのか。

「歩璃くん大丈夫？」

「……ん、大丈夫」

　反応もいつもより鈍(にぶ)いような気がするし。

　何かの拍子(ひょうし)に意識が飛んじゃいそうなくらいずっとボーッとしてる。

「顔色あんまりよくないよ。ちょっと熱っぽくない？」

「……微熱(びねつ)くらいだろうから平気」

　あきらかに無理してそうなのに、歩璃くんは大丈夫の一点張り。

　本来なら、わたしが無理やりにでも休ませたらよかったのに。

　数日後、ついに歩璃くんが体調を崩してしまった。

　それに気づいたのは深夜２時頃。

「はぁ……っ、は……っ」

　一緒に眠ってる歩璃くんの苦しそうな声で目が覚めた。

　それに歩璃くんの身体が異常に熱いことにも気づいた。

「あ、歩璃くん大丈夫……っ？」

　息が苦しそうで、汗(あせ)もかいてうなされてる。

　すぐにベッドから飛び起きて、熱を下げるものとスポーツドリンクを持ってきて。

　念のため綾咲さんにも来てもらった。

「これはだいぶ無理をされていたようですね」

　深夜だからお医者さんに来てもらうことも難しくて、とりあえず綾咲さんができることをすべてやってくれた。

「歩璃様は昔から自分の身体の異常に気づくのが遅いんです。倒れる寸前まで気づくことなく、無理をし続けてしまうようで」

「ご、ごめんなさい。わたしがずっとそばにいたのに……。歩璃くんの体調が悪いことに気づいていたのに……」

「あまりご自分を責めないでください。わたくしも歩璃様の体調をもう少し気遣うべきでした」

　お医者さんは早くても朝方にしか来られないので、それまでわたしは風邪が移るといけないから別室にいたほうがいいって言われたんだけど。

「あの、このまま歩璃くんのそばにいてもいいですか?」

　こんな弱った歩璃くんを見たことがなくて、ひとりにしておけない。

　それに、わたしも小さい頃に風邪をひいたとき誰かがそばにいてくれないとすごく心細かったから。

「歩璃くんが目を覚ましたとき、ひとりで寝ていたら寂しいかなって。ごめんなさい……こんなわがまま言ってしまって」

「恋桃様はとても優しいですね。では、歩璃様のことお任

せしますね。何かありましたらいつでもお呼びください。すぐに駆けつけますので」

　こうして歩璃くんの看病をしながら、ひと晩過ごすことになった。

　今もまだ熱があがってるのか、ずっと息が苦しそう。

　汗もかいてるからタオルで何度も拭ってあげて、身体を冷やすものを適度にあてたり。

　それをずっと繰り返して1時間ほど過ぎても、歩璃くんの容態は変わらない。

　早く朝になってお医者さんに診てもらって、少しでも容態が安定するといいな……。

「ん……こもも」

　一瞬、目を覚ましたのかと思ったけどスヤスヤ寝てる。寝言かな。

　手をギュッとつなぐと、少し弱い力だけど応えるように握り返してくれる。

「……こもも」

　あっ、また呼んでる。

　わたしがそばにいるのがわかってて、無意識に呼んでるのかな。

　時計を見るとまだ午前4時にもなってない。

　ここにきて急に強い睡魔に襲われてしまって。

　歩璃くんの手を握ったまま、睡魔には勝てずベッドの横で眠ってしまった。

＊　＊　＊

「……もも、さま」

「…………」

「恋桃様」

「……ん？　え、あっ、綾咲さん……？」

　気づいたら外が明るくなっていて、綾咲さんと一緒に白
衣(い)を着たお医者さんがいた。

「つきっきりで看病してくださっていたんですね。ありが
とうございました。いま歩璃様の担当のお医者様が来てく
ださったので、このまま診ていただきますね」

　ずっと眠っていた歩璃くんを一度起こしてから、お医者
さんにしっかり診てもらった結果。

　やっぱり風邪だったみたいで、喉がすごく真っ赤になっ
ているのと熱が38度を超えていた。

　とりあえず風邪薬を処方(しょほう)してもらって、点滴(てんてき)を打っても
らった。

　あとは適度に身体の熱を取りながら水分もしっかり補給(ほきゅう)
して、熱が下がるまでは安静(あんせい)にするようにってお医者さん
に言われた。

　熱も今がピークにあがってるときだから、あと数時間は
まだつらいかもって。

「はぁ……まさか風邪ひいてたなんてね。ごめんね、恋桃
に迷惑(めいわく)かけて」

「ううん、迷惑なんて思ってないよ。わたしもそばにいた

のに……」

「恋桃は悪くないでしょ。僕のこと心配してくれてたし」

「えっと、何かしてほしいことあったら言ってね。わたしができることはなんでもやるから」

　すると歩璃くんがこっちに手を伸ばしてきて。

「……僕が寝てる間ずっと手つないでて」

　手をギュッとつなぐと、いつもよりかなり熱い。

　それだけ歩璃くんの身体はいま頑張って風邪と闘（たたか）ってるのかな。

「さっき目が覚めたとき恋桃がそばにいて、手つないでくれてたのすごい安心した」

　歩璃くんは何かを思い出すように、ボーッと天井（てんじょう）を眺（なが）めながら。

「小さい頃から風邪ひいても両親はそばにいてくれなかったし」

　ちょっと寂しそうで弱い声。

「そばで看病してくれたのは綾咲くらいだったから」

　わたしが知らない歩璃くんの小さな頃の話。

　きっと歩璃くんも、わたしと同じで小さい頃からいろいろ我慢してたところがあるんだ。

　寂しくても寂しいって言えなくて。

　周りのみんなと比べたら、ひとりで我慢しなきゃいけないことが多かったり。

「わ、わたしもね……お母さん亡くしてから風邪ひいたときひとりぼっちのこともあって。お父さんがどうしても仕

事休めなくて、ひとりだったとき寂しかったの」

　とくに風邪をひいたときは心も弱くなって、誰かにそばにいてほしかったから。

「歩璃くんには同じ気持ちになってほしくないなって。だから、わたしが歩璃くんのそばにいたいと思って」

　自然とそんなふうに思えるようになったのはきっと……わたしの中で歩璃くんの存在が少しずつ大きくなっているから。

「歩璃くんもひとりで我慢しないで……ね？　弱いところを人に見せるのって難しいかもしれないけど、わたしがずっとそばにいるから。少しずつそういうところも見せてほしいかな……なんて」

　はっ……こんなこと言ったら、恋桃のくせになに僕にえらそうな口きいてるのとか思われるかな？

　ちょっと踏み込みすぎて、余計なお節介だったかな。

「……恋桃の優しさは全然変わらない」

「……え？」

「その優しさに僕は何度も救われた」

　歩璃くんは、いつも見せない少し切ない顔をしてた。

「だから恋桃も寂しかったりひとりじゃ心細かったら我慢しないで僕のこと頼るって約束して。僕がぜったいその約束守るから」

　まるで何かを決めたみたいに……真っ直ぐ強くわたしの瞳を見てくる。

　つないでいる手をわずかに引っ張られて、歩璃くんが寝

てるベッドに身体が倒れ込む。

「……少しの間だけ抱きしめさせて。恋桃がちゃんと僕の そばにいるって実感したい」

　こうして抱きしめられるのはいつものことなのに。

　なんでか今はいつもと違うような……とっても温かくて 懐かしい感じがした。

＊　＊　＊

　あれから数時間。

　歩璃くんはわたしを抱きしめたまま、安心するように眠 りに落ちた。

　そのあと一度も目を覚ますことはなく。

　熱を冷ますものを身体にあてたり、適度に汗を拭ってあ げたり。

　あと、歩璃くんが目を覚ましたときに食べられるように おかゆも準備して。

　そしてお昼の12時を過ぎた頃。

「ん……恋桃……？」

「あっ、歩璃くん目覚めた？」

「うん……喉渇いた」

「じゃあ、これお水。ちゃんと水分取ってね。あと、汗か いてるだろうから着替えもしてね」

　熱を測ると今朝よりは少し下がったくらい。

　まだ喉の痛みは強いみたいで身体もつらそう。

　歩璃くんが着替えてる間、作っておいたおかゆを温めて持っていくと。

「食欲あるかな？　おかゆ作ったんだけど」

「……おかゆあんまり好きじゃない」

「えぇ……。それじゃ、うどんか何か作り直して……」

「でも恋桃が作ってくれたなら食べる」

　歩璃くんはいつもわたしが作ったものは、ぜったい残さずにぜんぶ食べてくれる。

　わたしが料理に失敗して、とても食べられるものじゃないときも「恋桃が僕のために作ってくれたなら食べるよ」って言ってくれるところ、すごく優しいなぁって。

　おかゆも残さずにぜんぶ食べてくれた。

　食後はちゃんと薬を飲んで、またしっかり寝て1日安静にゆっくりしてもらわないと。

「あ、そうだ。歩璃くん夕食は何が食べたい？」

「もう夕食の話って気が早いね」

「だって、歩璃くん何が食べたいかわかんないから早めに聞いておかないと！」

「夕食も恋桃が作ってくれるの？」

「うん。歩璃くんがわたしが作ったものは食べるって言ってくれるから」

「んー……じゃあ、うどんがいい」

「わかった！　頑張って作るね！」

「ちゃんと味するやつ作ってよ」

「ぬっ……大丈夫だよ！　ちゃんとだしとって醬油で味つ

けるもん！」

「最近料理うまくなったもんね」

　早く風邪が治って、いつもの調子に戻ってほしいな。

　元気がなくて弱ってる歩璃くんよりも、わがままで甘えてばかりの歩璃くんに慣れちゃってるから。

「は、早くよくなってね」

「……僕に相手してもらえなくて寂しい？」

「うん……」

　あれ今流れで“うん”とか言っちゃったけど！

「へぇ、寂しいんだ？」

「え、あっ、今のは言葉にちょっと誤りがあったというか！」

「素直に寂しいって認めなよ」

「うっ……」

「僕も寂しいよ。恋桃にあんまり触れられないから」

　ベッドに横になりながら、そっとわたしの頬に手を伸ばして触れて。

「ほんとは恋桃に風邪移したくないから離れなきゃいけないのにさ」

「……？」

「恋桃がそばにいないと不安で眠れない。心が寂しいって恋桃のこと求めちゃうから」

　あぁ……歩璃くんはこういうところがずるいんだよ。

　いつだって、うまくわたしの心をグッとつかんでくる。

　弱った歩璃くんに甘えられると、胸の奥がざわざわしてキュッと縮まって。

　いま歩璃くんにおねだりされたら、無理なことでもなんでも聞いちゃうような気がする。

「風邪なんかひくものじゃないね」

「きゃっ……」

　グイッと腕を引かれて、歩璃くんの顔がほぼ目の前。

　ちょっとでも動いたら唇あたっちゃいそう。

「こんな近くに恋桃がいるのに」

　触れそうで触れない距離に妙にドキドキして。

「いつもみたいにキスできないなんて」

「っ……」

　物欲しそうな歩璃くんの瞳。

　でも、きっとこのままキスしたら風邪が移っちゃうから我慢してくれてる。

　ちょっとだけ……歩璃くんに触れてもらえないのがもどかしく感じるのおかしいのかな。

「あ、あゆりくん……ちょっとじっとしてて」

「ん……？」

　わたしの中で触れたい衝動がうまく抑えられなくて。

「は、早く風邪がよくなるおまじない……っ」

　頬に軽く触れるだけのキスをしたら、歩璃くんが一瞬ピタッと固まって。

「っ……、何それ……ずるいよ恋桃……」

　すごく困った顔をして、ため息もついてる。

「恋桃はいま僕が風邪ひいてるのわかってる？」

「わ、わかってるよ……？」

「いや、全然わかってないよね。僕の理性いまのでぜんぶ
崩れたんだよ」

「え、えっ……？」

「触れるの我慢してたけど……」

　視界がグルンと回って、背中にベッドのやわらかい感触
と真上に熱をもった歩璃くんが覆いかぶさってる。

　風邪ひいてるっていうのもあるけど、それよりもこんな
に熱くなってるのは……。

「え、あっ……もしかして発情、してる……っ？」

「……恋桃が可愛いことするから」

　見つめてくる視線も、触れてる手から伝わる熱も……い
つもよりずっと熱い。

「はぁ……無理。今ほんと抑えきかない」

　風邪のせいもあってか、余計に熱くて苦しそうなのがわ
かる。

　ここでわたしが歩璃くんにしてあげられることは、ひと
つしかないわけで。

「え、えっと……いつもみたいにキス、する……？」

　発情したとき満足するまで求めてくるのに。

　今日はすぐにキスをしてこない。

「したいけど……今はしない」

「キスしないと発情治まらなくてつらいんじゃ……」

「ん……だってキスしたら恋桃のことずっと求めて離せな
くなる」

「で、でも……」

「いつもは少しくらい余裕あるけどさ……今はまったくないし。一度タガ外れたら止まんなくなるし、熱のせいで理性あてにならない」

「こ、こんな状態の歩璃くん放っておけないよ」

「……抑制剤飲むから。恋桃は僕のそばから離れて」

　風邪薬も飲んで、いま身体すごくつらい状態なのに。

　そんな中で抑制剤まで飲んだら、歩璃くんの身体にすごく負担かかっちゃう。

　普段なら我慢せずに甘えてわがまま言うのに。

　いつもと違うから、こっちも調子狂っちゃうよ。

　真上にいる歩璃くんの両頬を両手で包み込んで……ゆっくり自分のほうへ引き寄せて。

「歩璃くんが満足するまでたくさんしていいよ……っ」

　はじめて自分から唇を重ねた。

　触れるだけで、この先はどうしたらいいかわかんない。

　唇が触れたまま、歩璃くんと視線が絡んだ瞬間。

「……もう知らない。僕ここで我慢できるほどできた人間じゃないよ」

　歩璃くんが強く唇を押しつけてきて。

　一瞬で深くて甘いキスに変わって痺れちゃいそう。

「……恋桃の唇冷たくてきもちいい」

「ん……っ」

　いつもより余裕がないのか、少し息を乱しながら強引に口をこじあけて舌が入ってくる。

　うまく絡め取って誘い込んで。

「ほら……もっと僕の熱感じて」

「ふぅ……ぁ……」

　熱があるせいか、歩璃くんの口の中がいつもよりすごく熱い。

　それがわたしの身体に伝染して、どんどん痺れて甘さに堕ちていきそうになっちゃう……っ。

　このままじゃ、わたしも自分を保てない……っ。

「はぁ……っ、もっと熱あがったかも」

「んっ……ダメだよ……」

「恋桃も熱い？」

「……っ」

　歩璃くんの発情を抑えるためにキスしたのに。

　いつもより甘くて激しいキスが極上にきもちよくて。

　お互い発情したまま、身体が満足するまで求め続けて刺激も止まらない。

「ほら恋桃のこともきもちよくしてあげるから」

「ひゃぁ……っ、ぅ……」

「僕のこともとびきり甘やかして……きもちよくして」

　それからどれだけの時間キスしてたかわかんないくらい、何度もお互いを求めてた。

＊　＊　＊

　翌朝――まだまだ歩璃くんは風邪に苦しんでるかと思いきや。

「ねー、ほら治ったからキスしよ」

「うっ、もうダメだって！」

　完全にいつもの歩璃くんに戻ってる。

　しかもめちゃくちゃ絶好調だし。

　昨日の弱っていた可愛い歩璃くんはどこへやら。

「えー、昨日僕が満足するまでたくさんしてって言った
の……」

「わぁぁぁ！　もうそれ以上喋っちゃダメ!!」

　歩璃くんの回復力が驚異的すぎて、もはや昨日の朝すご
く体調悪そうにしてたのが嘘みたいだよ。

　さらに調子に乗ってる歩璃くんは。

「ねー、恋桃。喉渇いた。お水飲ませて」

「お水ならベッドの横のテーブルに置いてあるよ？」

「うん、知ってる」

　手を伸ばしたら届くのに、なんでそんな怪しげに笑って
るの!?

　はっ、これはもしや何か企んでるんじゃ!?

　そして見事予感的中。

「恋桃が飲ませてよ。口移しで」

「は、はい!?」

　え、いま歩璃くんとんでもない発言してる自覚ある!?

　いや、歩璃くんの場合自覚あっても平然と言っちゃうと
ころあるかもだけど！

「この前さ、僕が恋桃にお水飲ませてあげたでしょ？」

「は、はて……」

「とぼけても無駄。同じように恋桃がしてよ」

「そ、そんな冗談言える元気あるなら……」

「恋桃は僕が苦しくて死んでもいいんだ?」

　出ましたよ、歩璃くんの拗ね攻撃。

　ここまできたら歩璃くんが折れてくれるわけなくて。

「歩璃くん自分で飲めるじゃん……!」

「んーん。恋桃から飲ませてもらえないならお水いらない」

　歩璃くんが甘えてるときのわがままは健在。

「あーあ。僕このまま脱水症状になって干からびちゃうのかなぁ」

「うぬ……」

「それにさ、僕の言うこと聞いてくれるんじゃなかったの?」

　くぅ……昨日わたしが言ったことバッチリ覚えてるし。

　こういうところ歩璃くんは抜かりない。

「ってかさ、ご主人様の僕が言ってることだからメイドの恋桃は聞かなきゃだよね?」

　ほんとに病人なのか疑いたくなるくらい饒舌なんですが!

「ねー、恋桃ちゃん」

「な、なんですか」

「とぼけてないでさっさとキスしてよ」

　ほらほら歩璃くんこれでもまだ微熱気味なのに、昨日の弱ってる様子とは打って変わって、めちゃくちゃ元気そうだし!

「恋桃がしてくれないならいいよ、僕がするから。ただ、息ができないくらいずっとキスして、恋桃がどんなに苦しがってもやめてあげない。あ、めちゃくちゃに抱きつぶしちゃうかもね」

「ひぃ……っ、歩璃くん怖いよ！」

　平然とさらさら言わないで！

「逃げ場ないんだから、さっさと僕の言うこと聞きなよ」

　すべては歩璃くんの言うとおり。

　わたしがどれだけ抵抗したって、歩璃くんは簡単にねじ伏せてくるから。

　このあと甘いキスから逃げられるわけなく——。

「あー……このままずっとしよ」

「んっ……もう苦しい……っ」

「ほら僕まだ全然満足してないよ。僕が満足するまでちゃんとご奉仕してよメイドさん」

　歩璃くんのキャパはやっぱりおかしいとあらためて思ったのでした。

☆
☆
☆
☆

第3章

とびきり優しい歩璃くん。

　歩璃くんのお屋敷に住み始めて４ヶ月くらいが過ぎた７月のこと。

　今日は土曜日だけど歩璃くんはお父さんとの会食があって、お屋敷に帰ってこられないかもしれない。

「はぁ……恋桃と１日離れるとか無理すぎるんだけど」

　ただ今の時刻は午後３時。

　あと15分くらいで、歩璃くんはお屋敷を出なきゃいけない。

　スーツに身を包んで、支度はバッチリ終わってるのに。

　なかなかわたしから離れてくれなくて、かれこれ30分くらい歩璃くんがくっつき虫になってる。

「いっそのこと仮病使って会食やめよっかなぁ」

「そんなことしてバレたら怒られちゃうんじゃないの？」

「んー、まあそのときはそのときだよね」

　歩璃くんって、たまに楽観的。

　というか、お父さんと久しぶりに会えるんだから、家族の時間を楽しんでほしいけどなぁ。

「ってか、いまの僕には恋桃がそばにいないの考えられないんだよね」

「そ、そんなに？」

「うん、寂しくて死にそうなくらい」

「それは大げさなんじゃ……」

「まったく大げさじゃないけど。ってか、恋桃は僕がそばにいなくて平気なの？　え、寂しいの僕だけ？　はぁ……僕はこんなに恋桃と離れたくないのにね」

　出ました。

　不機嫌で拗ねてるときの饒舌になっちゃうやつ。

「はぁ……なんか体調悪くなってきたなぁ」

「棒読みになってるよ」

「頭がガンガンするし、お腹も痛いなぁ。あぁ、僕たぶん体調悪いんだね」

「歩璃くん往生際が悪いよ！」

　前に風邪ひいたとき、歩璃くんは体調の変化を自分じゃ気づけないって綾咲さんに聞いたもん。

　こんなあからさまに言ってるあたり、嘘だってバレバレだよ。

「なんとでもいいなよ。あー、だるいだるい」

「出発の時間迫ってきてるよ！」

「あー……この部屋僕と恋桃しか入れないようにして僕と恋桃だけの世界作りたいなぁ」

「ひっ！　急に変なこと言わないで!!」

　歩璃くんってば、相変わらず頭のネジが数本ぶっ飛んでるようなこと言う！

「ねぇ、今日の会食行かなきゃダメ？」

「もちろん！」

「じゃあ、恋桃がメイドとしてご主人様である僕を会食に行く気にさせてよ」

むっ……また無理難題を！

歩璃くんは口が達者だから、わたしが何を言ってもぜんぶ論破してきそうだもん。

「どうやったら行く気になってくれるの？」

「んー。恋桃が甘くて激しいキスしてくれたら考えてもいいよ」

「キスなんて無理だし甘くて激しいのって何……!!」

「僕がお手本でしてあげよっか？」

「いやいや結構です！」

歩璃くんが一度危険なスイッチ入ったら止まらないのは、わたしがいちばん知ってるもん。

だからそれはなんとか阻止せねば。

「ほ、ほらもう時間が……！」

「恋桃がキスしてくれないから知らない」

うっ……なんで他人事みたいなの！

「僕が満足するキスして、可愛くいってらっしゃいって言ってくれたら頑張れるのにさ」

「うぬ……」

「あーあ、恋桃のせいで会食中止かなぁ」

なんでわたしのせいになっちゃうの……!?

もとをたどれば、わがまま言ってる歩璃くんが悪いんじゃ!?

これはわたしが覚悟を決めてキスするしかないの……!?

わたしがあたふたしてるのを歩璃くんは、とっても愉しそうに見てるし。

　こうなったら勢いでしちゃうしかない……っ。

　少し背伸びして、歩璃くんのネクタイを軽くクイッと引っ張って。

「い、いってらっしゃい……っ」

　ほんとにちょっと……唇に触れるキスをした。

「はぁ……可愛すぎて無理。ますます行きたくなくなった」

「えぇ……！　ちゃんと行かなきゃダメ……っ!!」

　こうして渋々歩璃くんは会食があるホテルへ。

　どうやらホテルが少し遠い場所にあるらしく。

　車の移動だけで１時間くらいかかるみたい。

　なので夕食をお父さんと食べてから、お屋敷に帰ってくるとかなり遅い時間になるからって、ホテルに１泊することが決まってる。

　そういえば、このお屋敷に来てから初めて歩璃くんとひと晩だけ離れることになるんだ。

　綾咲さんは歩璃くんの執事さんでもあり、運転手さんでもあるから今日はお屋敷には戻ってこない。

　もちろん、お屋敷には他にメイドさんや執事さんがいて、何か困ったことがあればいつでも頼るといいよって歩璃くんが言ってた。

　わたしは実家に帰ることも考えたんだけど、お父さんが仕事で忙しくて家を空けてるから断念。

　あっ、そういえば綾咲さんからお庭に干してあるシーツを早めに取り込んでほしいって頼まれてたの忘れてた。

　歩璃くんがいないからとはいえ、何もしないのも気が引

けるから、少しでも仕事があってよかった。

　シーツを取り込んでるとき、ふと空を見るとどんより重たい色をしていた。

　朝は天気よかったのになぁ。

　このまま崩れていくのかな。

　部屋に戻って掃除をしながら、テレビで天気予報をチェックすると。

　どうやら夜から明け方にかけてものすごい雨が降って、おまけに雷も鳴るみたい。

　よりにもよって歩璃くんがいない、ひとりのときに雷雨になるなんて。

　雨や雷はすごく苦手。

　小さいとき……わたしからお母さんを奪った日も……雨がひどくて雷が鳴っていたから。

　お母さんはその日タクシーで出かけていて、家に帰って来る途中で事故に遭って亡くなった。

　だから、小さい頃から雨と雷が重なるのがものすごく嫌で……ものすごく怖い。

　胸に何かがのしかかって、気分が重たい。

　昔のことを思い出すと、不安に襲われてひとりでいることに耐えられなくなりそう。

　同時に空から雨がぽつりと降り出して……あっという間に大雨に変わった。

　雨が降り注ぐ音が耳から入ってきて、空がピカッと光るのが見えた。

　心臓がドクドク動いて、ちょっと息が苦しく感じる。

　すぐに部屋のカーテンをぜんぶ閉めて、雨音をかき消すようにテレビもつけた。

　うまく気を紛らわせないと、少しでもゆるんだら不安で泣きそうになっちゃうから。

　今日は早めにごはんを食べてお風呂に入って寝よう。

＊　＊　＊

　時刻は夜の8時を過ぎた頃。

　夕方から降り出した雨はさらに激しさを増して、落雷の音まで響きだしてる。

　なんでひとりでいるときに限って、こんな天気になっちゃうの……？

　いつもより時間の経過が長く感じてすごく寂しい。

　歩璃くんと離れてから数時間しか経っていないのに。

　いま無性に歩璃くんの声が聞きたくて、そばにいてほしいって思っちゃう。

　ひとりになるって、こんなに心細いことだったんだ。

　ソファの上でクッションを抱えて丸まってると。

　テーブルに置いてるスマホがブーブーッと音を立てた。

　電話……かな？

　画面に表示されてる名前を見てびっくりして、すぐに応答をタップした。

『あ、出たね』

「え、歩璃くん……？」

『そうだよ』

　会食が始まったら終わるまで連絡取れないって言ってたのに。

「会食は？」

『今少し抜けてきた。どうしても恋桃の声が聞きたくなったから』

「っ……」

　出かける前は歩璃くんのほうが寂しがっていたのに……今はわたしのほうが寂しさでいっぱい。

　今日はもう歩璃くんに会えないなんて……。

　このまま黙り込んだら、ぜったい変に思われちゃう。

　会話をつなぎたいのに、うまくできなくて言葉に詰まってると。

『恋桃はもうごはん食べた？』

「う、うん。もうお風呂も入ってあとは寝るだけかな」

　寂しくて不安だってことを気づかれないように、うまく話したつもりだったけど。

『僕がいなくても平気？』

　歩璃くんは鋭い。

　ほんとは全然平気じゃない。

　今こうしてるだけで泣いちゃいそう。

　すごく不安で、歩璃くんがいないとダメだって心が叫んでる。

　でも、そんなわがまま言っていいわけなくて。

　だから、自分の中でこらえて我慢しないといけない。

「平気……だよ……」

『ほんとにひとりで大丈夫？』

「うん……大丈夫……っ」

　声が震えないように、泣きそうなのを悟られないように。

　歩璃くんには心配かけたくないし、お父さんとの会食を邪魔しちゃいけない。

　わたしが我慢すればいいこと。

『僕のほうが大丈夫じゃないかもね』

「……え？」

『恋桃と少し離れてるだけで僕はすごく寂しいよ』

「っ……」

『ほんとは今すぐ恋桃の顔見たいし、抱きしめたくてしょうがないのに』

　普段の歩璃くんは、わがままで甘えたがりで、自分の思い通りにいかないと拗ねちゃうのに。

　今はいつもと少し違って、包み込んでくれるような優しさを感じる。

『だから恋桃も寂しかったら僕にちゃんと言うって約束して。僕はいつだって恋桃のこといちばんに考えてるから。恋桃のためだったらどんな無茶でも聞くって約束する』

　小さい頃、お母さんを亡くしてからこんなふうに優しくしてくれる人はお父さん以外誰もいなくて。

　お父さんにもあんまり甘えたり寂しいって言っちゃいけないって、自分の中で線引きしてたところがあった。

　お父さんの負担になりたくなかったから。

　なのに、歩璃くんはそんなのぜんぶ我慢しなくていいよって言ってくれる。

「あ、ありがとう、歩璃くん」

『今日寂しかったらいつでも連絡して。僕も恋桃の声聞きたいから』

「う、うん。歩璃くんもお父さんとの会食楽しんでね」

　歩璃くんの声を聞いて、ちょっと気分が落ち着いた。

　それからしばらくは、さっきと同じようにテレビをつけたり音楽を聞いたりしてなるべく気をそらして過ごした。

　そして時計の針は夜の10時前をさした。

　寝室に移動してベッドの上に乗ると、ベッドのシーツがいつもより冷たく感じる。

　薄暗いシーンと静まり返った寝室。

　ひとりで眠るには広すぎるベッド。

　外からの雨の音、雷の音はまったく鳴りやまない。

　やだな……あんまり外に意識を向けたくない。

　なのに天気の神様はとてもイジワルで。

　ピカッと強い光を放って、その直後にドーンッと大きな音を立てた。

「うぅ……っ」

　こんな状況でひとりでいるなんて、やっぱり無理……っ。

　身体を縮こまらせて、雨と雷から逃げるように布団を頭の上からかぶる。

「雷だけでも落ち着いてくれたらいいのに……っ」

今日はいちだんと歩璃くんの温もりが恋しくなる。

わたしこんなに弱かったっけ……っ?

スマホをタップして、ほぼ無意識に指が歩璃くんの名前を探してた。

歩璃くんの声を聞いたら、安心して眠れるような気がするから。

もうこんな時間だし……電話したら迷惑かな。

明るい画面を見つめたまま、なかなか発信がタップできない。

いつも歩璃くんと一緒に寝てるときは、自然と眠りに落ちてすごくよく眠れるのに。

ひとりの夜がこんなに心細いなんて知らない。

気づいたら、わたしのほうが歩璃くんがそばにいないとダメになってる……。

「あゆり……くん、会いたいよ……っ」

雨音に消されちゃいそうなくらい弱い声。

今日の夜をひとりで乗り越えたら、明日の朝には歩璃くんが帰ってくるから。

再び目をギュッとつぶると。

何やら寝室の外からドタドタ音が聞こえる。

「もう……今度はなに……っ」

しかもその音がどんどん大きくなって、寝室の扉がガチャッと開いた。

こんな時間にいったい誰——?

恐る恐る布団から顔を出して、そこにいた人にびっくり。

「うぇ……っ、なんで……っ？」

　なんと帰ってくる予定のなかった歩璃くんがいた。

「夜になっても恋桃が電話くれないし」

「え、えっ……？」

「まあ、僕が恋桃の顔見たくて仕方なかったっていうのがいちばんなんだけどね」

　わたしがいるベッドに近づいて腕を広げてる。

「おいで、恋桃」

「っ……」

　歩璃くんの胸に飛び込むと、ちゃんと受け止めてくれて優しく抱きしめてくれる。

　いつもの歩璃くんの温もり。

　さっきまでひとりで怖くて仕方なかったのに。

　歩璃くんがいるだけで、こんなに安心するんだ。

「夕方に話したとき恋桃の声が元気なかったから。もしかしたらひとりで我慢してるんじゃないかと思って。だから心配で急いで帰ってきた」

「なんで……歩璃くんぜんぶわかっちゃうの……っ。エスパーなの……っ？」

「エスパーかもね。恋桃限定の」

「うぅ……っ」

「こんな泣くほど寂しかったなら、なんで僕に言ってくれなかったの？」

「だ、だってぇ……歩璃くんに迷惑かかっちゃう……っ」

「迷惑だなんてこれっぽっちも思わないよ」

「で、でも……っ」

「僕の前では無理しなくていいよ。恋桃はもっと僕に甘えること覚えて」

「っ……」

「僕のこともっと頼ってよ。いま恋桃のいちばんそばにいるのは僕なんだから」

　なんで歩璃くんは、わたしのためにここまで言ってくれるの……？

　わたしは歩璃くんにとっては、ただのメイドで。

　そばにいさせてもらってるのも、運命の番だからっていう理由があるだけ。

　歩璃くんは、わたしにどういう感情を抱いているのかわからないけど。

　でも……わたしの中で歩璃くんの存在は、出会った頃よりも遥かに大きくなっていて。

　今わたしのそばから歩璃くんがいなくなるなんて考えられない。

　でも、自分が大切に想う人ほど失ったときの悲しみはすごく大きくて。

　だから、歩璃くんがお母さんみたいにわたしの前から突然いなくなっちゃったら……。

　そんなの考えたくないのに、嫌でもそんなことばかりが浮かんで涙が止まらない。

「恋桃？　大丈夫？」

「っ、……」

「何かまだ不安なことある？」

「ちが、う……の。お母さんが亡くなったときのこと、思い出しちゃって……」

「……そっか。つらいね。落ち着くまで僕がこうしてるから」

「わたし雨と雷がすごく苦手で……」

「うん」

「お母さんが亡くなった日も、こんな天気で……っ」

　幼い頃の微（かす）かな記憶なのに、今ものすごく鮮明（せんめい）に浮かびあがって気持ちが安定しない。

「歩璃くんが帰ってきてくれてうれしいのに……。歩璃くんもわたしのお母さんと同じように突然いなくなっちゃったらどうしようって……っ」

　歩璃くんは今ちゃんとわたしの目の前にいるんだから、何も不安になることないのに。

「……恋桃よく聞いて」

「……？」

「僕は恋桃のそばからいなくなったりしない」

「っ……」

「何があってもこの約束は守るってずっと前から決めてたから。僕の言葉を信じてほしい」

　ずっと前って……？

　わたしと歩璃くんは、出会ってまだ数ヶ月なのに。

　それとも……それよりも前に、歩璃くんとどこかで出会ってるの……？

「あゆりくんがそばにいてくれなきゃ、やだ……よ……っ」

　甘えるようにギュッと抱きついたら、歩璃くんの肩がわ
ずかにピクッと跳ねて。
　少ししてから、チュッと軽く触れるだけのキスが落ちて
きた。
「ごめんね。恋桃があまりに可愛いから」
「うぇ……？」
「でも今はこれ以上しないから安心して」
　歩璃くんに抱きしめてもらった途端、ものすごく安心し
たのか一気に睡魔が襲ってきた。
　それに泣きすぎちゃって頭も痛くて、まぶたも少し腫れ
てるような感じがして重たい。
「眠い？」
「ん……歩璃くんが帰ってきてくれたから安心しちゃっ
て……」
「いいよ。ずっとこのまま抱きしめててあげるから」
「でも、歩璃くん帰ってきたばっかりなのに……」
「僕のことは気にしなくていいよ。恋桃が不安にならない
ようにずっとそばにいるから」
　眠くて頭がボーッとして、うとうとしてきちゃった。
「おやすみ、恋桃」
　その声を聞いて安心して眠りに落ちた。

＊　＊　＊

──翌朝。

　重たいまぶたをゆっくりあけると。

「あ、起きた。おはよ」

「うぇ……あっ、お、おはよう……っ」

　真っ先に歩璃くんの顔が飛び込んできて、朝からちょっと心臓に悪い。

「昨日恋桃が寝たあとも雷すごい鳴ってたけど気にならなかった？」

「う、うん。すごくよく眠れたよ」

　ひとりでいたときは、ぜったい眠れないと思ってたのに、歩璃くんに抱きしめてもらってるだけで不思議とすごくよく眠れた。

　恐るべし歩璃くんパワー……。

「昨日の僕に甘えてた恋桃可愛かったなぁ」

「ぬぅ……もう忘れてよぉ……！」

「それにさ……恋桃は僕がいないとダメになっちゃうの？」

「うっ……」

「まあ、僕も恋桃がいないとダメになるからお互い様だね」

　さっきから歩璃くんがイジワルなことばっかり言うから、何も返せなくてうなってばっかり。

「昨日も言ったけどさ、恋桃はもっと僕に頼るのを覚えることね。ひとりで抱えるのはダメだから」

「でも、わたし歩璃くんのメイドだし……雇ってもらってる身なのに、ご主人様の歩璃くんに頼っちゃうのはダメなような気がして」

「どこがダメなの？　ってか、ご主人様とメイドっていう

のはかたちだけの関係だから、そんなこと気にしなくてい
いよ。それに僕は恋桃のこと一生手離す気ないから」
　これから先の未来のことは誰にもわからないのに。
「だから、困ったことあったり少しでも寂しかったり不安
に思うことあったら抱え込まずに僕に話して」
　歩璃くんの頼れる優しい一面。
　この特別な優しさぜんぶ……わたしだけに向いたらいい
のにって……ほんの少し思った。

嫉妬に駆られてキス。

　学園が夏休み真っ最中の８月のこと。

　今日もいつもと変わらず歩璃くんと朝ごはんを食べていると。

「恋桃様。本日のご予定は歩璃様から聞いていらっしゃいますか？」

「な、なんの予定ですか？」

「本日、歩璃様と一緒に天彩学園創立記念パーティーに参加していただきます」

「ぶっ……！」

　え、まって。いま綾咲さんなんて……!?

　びっくりして飲み物噴き出すところだったんですけど！

「恋桃様、大丈夫ですか？」

「ごほっ……す、すみません……。えっと、パーティーに参加するって聞こえたんですけど、聞き違いですかね？」

「いえ、聞き違いではございません。その様子ですと歩璃様からお聞きになっていないでしょうか」

「聞いてません、聞いてません！」

　めちゃくちゃ重大なことなのに、なんで歩璃くん何も言ってくれなかったの!?

　真っ正面に座ってる歩璃くんをキリッと睨むと。

「あー……伝えるの忘れてた。今日だっけ？」

　当の本人はまったく悪気なさそうなんですけど！

「参加するのは歩璃くんだけじゃないんですか？」

「歩璃様のご希望で恋桃様もぜひご一緒にと」

　うぅぅぅ……それならなんで伝えるの忘れてるの……！

　わたしパーティーなんて参加したことないのに！

「今回は創立記念パーティーということで、天彩学園の関係者のみの出席になりますのでご安心ください」

　え？　いやいや、全然安心できないんですけど!?

　そもそもわたしは、ただの生徒で学園の関係者じゃないのに!?

「はぁ……。ってか、パーティーとか面倒なこと多いから嫌いなんだよね」

　歩璃くんは、なんだか行くの嫌がってるけど。

　それにわたしを巻き込んでくるなんて……！

「パーティーは夕方の６時から始まる予定です。それに間に合うよう会場へ向かいますので、それまでに歩璃様も恋桃様もご準備のほうをお願いいたします」

　──という感じで、ものすごい急にパーティーに参加することが決定してしまい……。

＊　＊　＊

　あっという間に夕方になってしまった。

　わたしはいま何をしてるのかというと。

「この中から恋桃が着たいの選びなよ」

　歩璃くんについてきてって言われて、いつもの部屋とは

別の部屋へ。

　中に入ってびっくり。

　部屋自体はそんなに広くないけど、部屋がクローゼットになってる。

　ドレスが何着も並んでて、ピアスやブレスレットなどなど……アクセサリーがガラスのテーブルに並べられてる。

　そばにはバッグが何点か置かれていて、どこかのお店ごと買い取ってきたんじゃないかっていうレベル。

「ドレスこれだけじゃ足りない？　もっと用意しよっか？」

「いやいや、これだけで充分というかむしろ多くて選べないよ!!」

　これぜんぶわたしのために用意してくれたんだよね？

　お金持ちの世界すごすぎてどうなってるの!?

「んじゃ、僕が見立ててあげるからおいで」

　歩璃くんがささっと３着くらい手に取って、わたしの身体にあてながら。

「恋桃は黒より白とかピンクが似合いそうだよね」

「そうかな」

「淡い色のほうが可愛い恋桃の雰囲気に合ってる」

　肩から袖の部分がほどよく透けてて、スカートの部分がふんわりした薄いピンクのドレスに決まった。

　歩璃くんが着替えておいでって言うから着ようとしたんだけど。

　ドレスなんて着たことないから、そもそもひとりで着られるか心配。

「うっ……着方これであってるのかなぁ」

　とりあえずひとりで頑張って着てみたけど。

　背中にあるファスナーが自分じゃ上げられないからどうしよう。

「着替え終わった？」

「うぇ……？　あっ、終わったような終わってないような」

「何それ。どっちなの？　早く可愛い恋桃見せてよ」

　仕切りになってる薄いカーテンが歩璃くんの手によってサーッと開かれて。

「ま、まだあけちゃダメなのに……！」

「へぇ、可愛いじゃん。僕の見立てばっちりだね」

　グイグイ迫ってくる歩璃くんを押し返すと、何かに気づいたのか歩璃くんがイジワルそうに笑いながら。

「背中のファスナー自分じゃ上げられないんだ？」

「うっ……」

「おいで。僕がやってあげる」

　腕を引かれて、あっという間に歩璃くんの腕の中。

　後ろからギュッてされて、身体がすごく密着してる。

「耳元で喋っちゃダメ……っ」

「くすぐったいの？」

「んっ……」

「恋桃は感じやすいね」

　フッと耳元で息を吹きかけられて、イジワルに耳たぶを甘噛みされて。

「あ、あゆりくん早く……っ」

「ご主人様の僕に命令するんだ?」

「そ、そうじゃなくて……」

「罰(ばつ)として僕が満足するまで離してあげない」

「ひゃっ……ぅ」

　首筋から背中にかけてキスを落として。

　空いてる手で器用にわたしの身体に触れて撫でてくる。

「このドレスいいね。恋桃の肌にたくさんキスできるから」

　歩璃くんが与える刺激からなんとか逃げたいのに、逃げられないように抱き寄せられちゃう。

　身体にもうまく力が入らなくなってきて、膝(ひざ)から崩れちゃいそう。

「ま……って。そんな強く吸っちゃダメ……っ」

「なんで?」

「だって、痕(あと)が残っちゃう……」

「ドレスじゃ隠せないもんね」

「うっ……わかってるならなんで……」

「見せつけたいんだよ。恋桃が僕のだって」

　背中にキスされてるだけ……なのに。

　さっきよりも身体の内側がジンッと熱い。

　最近のわたしおかしくて。

　歩璃くんにちょっとでも触れられたら、すぐにドキドキして発情するようになっちゃったから。

「ひゃぁ……まって、そこダメ……っ」

「恋桃はここ撫でられるの好きだもんね」

「や……っ、ぅ……」

「ほらもっと可愛い声出して」

　中に手を滑り込ませて、太ももの内側を絶妙な力加減で触れてきてる。

　今はどこ触られても身体が動いちゃう。

　ぜんぶがきもちよくてクラクラする。

「もう、ほんとにダメ……っ」

「……感じちゃう？」

「なっ……ぅ」

「さっきから身体すごく反応してるの僕が気づいてないと思った？」

「ぅ……」

「あと……身体熱くなってるね」

「ん……っ」

「ほら少し触れただけで、こんなきもちよさそうにして」

　わざと耳元でささやいて。

　歩璃くんの息が吹きかかるだけで反応しちゃう。

「……僕に触れられただけで、恋桃の身体こんな熱くなっちゃうんだね」

　身体が熱いのと、その熱がたまり続けてもどかしさがつのっていくばかり。

　分散しない熱に振り回されて。

　歩璃くんにキスしてもらわないと、ずっとこの状態が続くの耐えられない……っ。

「もうキスしてほしくてたまらないんだ？」

「っ……」

「抑えてあげるから恋桃の唇ちょうだい」

　ちょっと強引に歩璃くんのほうを向かされて、さらっと唇を奪われて。

　キスした途端に身体の熱がグーンッとあがってる。

「もっと欲しい？」

「ん……ぅ……」

「キスで興奮しちゃったんだ？」

「わ、わかんな……んんっ」

　感触を残すように強く押しつけて、唇に吸い付くようなキスを繰り返して。

「ほら口あけて」

「んや……っ」

　こじあけるように舌が入りこんで、熱が口の中で暴れて絡め取って。

　さらにキスが深くなって全身ジンッと痺れちゃう……。

「ぅ……やぁ……このキスダメ……っ」

「……ダメじゃないでしょ。ほらもっと」

「んんぅ……」

　キスが甘くてクラクラして。

　ぜんぶの意識が歩璃くんに向いて……歩璃くんのことしか考えられなくなる。

「僕でいっぱいになってる恋桃ほんと可愛い……」

「はぁ……っ、ぅ……」

「もっともっと……僕のこと欲しがって」

「……っん」

「そしたら僕も……嫌ってくらい甘やかしてあげるから」

　身体が大きくビクッと跳ねた瞬間……内側にあった熱がパッとはじけた。

　　　　　　　　　＊　＊　＊

「ねぇ、恋桃。いつまで膨れてるの？」

「むぅ……だって歩璃くん全然止まってくれなかったもん」

「恋桃が可愛すぎるのが悪いんでしょ？」

「だ、だからってあれはやりすぎだよ……！」

「恋桃だってきもちよさそうにして——」

「わぁぁぁ、もうそれ以上喋らないで!!」

　あれからドレスに着替え終えて、今は車でパーティーが行われる会場へ移動してるところ。

　結局歩璃くんが暴走するから、予定の時間よりも少し遅れてお屋敷を出ることになっちゃったし。

　車に揺られること30分くらいで目的のホテルに到着。

　綾咲さんは地下にある駐車場に車を停めるので、先にわたしと歩璃くんをホテルの前で降ろしてくれたんだけど。

「うぅ……ヒールだとうまく歩けない……！」

　脚がプルプル震えて生まれたての小鹿みたいになってるよぉ……！

　ヒールなんて履き慣れてないから、ちょっとでもバランス崩したら転んじゃいそう。

「やっぱりわたしだけでも帰りたいよ！　帰る!!」

「そんなの僕が許すわけないでしょ」

「だってわたしパーティーなんて参加したことないド庶民だもん！」

「僕もあんま参加したことないけど」

「嘘だぁ……！　さっきパーティー面倒なこと多いから嫌いって言ってたじゃん！」

「えー、僕そんなこと言ったっけ？」

「言ってたよ！」

「まあ、細かいことはいいでしょ。ほら手貸して。僕がエスコートしてあげるから」

　ちなみに歩璃くんは深みがある赤色のスーツに身を包んで、髪も軽くセットしてる。

「ほ、ほんとに手つなぐの？」

「嫌ならお姫様抱っこにする？」

「な、なんでそうなるの!?」

　手なんかつないだら目立っちゃいそうなのに。

　歩璃くんはあんまり気にしないのか、さらっとわたしの手を取って歩き出しちゃうし。

　なんでも今日のパーティーは、ホテルの最上階のいちばん広いホールを使うみたい。

　エレベーターに乗ると、ものすごいスピードで上にあがって地上にある建物が小さく見えちゃう。

　やっぱりお金持ちの世界すごすぎるよ。

　外の景色に夢中になってると、エレベーターが最上階に到着。

「うぅ……歩璃くん帰りたい」

「さっきも聞いたけど。ってか、僕の隣に恋桃がいなくて
どうするの？」

「だ、だって緊張するもん。それに、わたしこの雰囲気に合っ
てないよ」

　すでにロビーにはパーティーに参加する大人たちがちら
ほらいる。

　みんなパーティーに慣れてるっていうか、余裕そうな雰
囲気で緊張してるのはわたしくらい。

「恋桃はもっと自信持ったほうがいいよ。恋桃の可愛さは
世界一なんだから」

「可愛くもないし帰りたいよぉ……」

「はいはい、このまま会場に入るよ」

　抵抗虚しく歩璃くんに手を引かれて会場の入り口のほう
へ行くと。

　何やら入り口の前でキョロキョロ周りを見渡してる女の
人がいる。

　淡いエメラルドグリーンのドレスを着ていて、美人でス
タイルもいいなぁ。

　女のわたしでも見惚れちゃうくらい目を引く存在。

　長めの髪はふわっと巻かれていて、誰もが憧れちゃうく
らい瞳も大きくて、とても澄んでいて。

　ぷっくりした唇に、ものすごく小さな顔なのが少し遠め
からでもわかる。

　それに立ち姿もとても綺麗で、品があって落ち着いてる。

　すると何やらわたしたちをじっと見て、何かに気づいた
のか小走りでわたしたちがいるほうに向かってきてる。
　かと思えば。
「きゃぁっ……！」
　えっ、あ、危ない!!
　ヒールに足を取られて、目の前で転びそうになってる!!
　なんとか助けないと……!!
　と思ったら、隣にいた歩璃くんがすかさず動いて。
「……っと、大丈夫ですか瑠璃乃さん」
　転びそうだった女の人の身体を見事にキャッチ。
「あっ、歩璃くん！　ごめんなさい！　ヒールとか履き慣
れていなくて転びそうになってしまって」
「いえ、大丈夫ですよ。瑠璃乃さんにケガがなくてよかっ
たです」
　どうやらわたしの出番はまったくなかったよう。
　というか、ふたりとも親しそう……？
　歩璃くん今たしかに瑠璃乃さんって呼んだよね？
　相手の人も歩璃くんって呼んでたし。
　なんでかわかんないけど、ちょっとだけ胸のあたりがも
やっとした。
「瑠璃乃さんって普段ものすごくしっかりしてるのに、抜
けてるところありますよね」
「そ、そうですか？　歩璃くんこそわたしより年下なのに
相変わらずしっかりしてるので、わたしも見習わないとで
すね！」

　瑠璃乃さん笑った顔もとっても可愛いなぁ……。

　歩璃くんもわたしには見せない優しい瞳をして瑠璃乃さんと話してる。

　歩璃くんが誰と親しそうにしてたってわたしには関係ないのに。

　なんでこんなモヤモヤするんだろう。

　ふたりの会話を黙って聞いてると、

　瑠璃乃さんの目線が歩璃くんからわたしへ移った。

「あっ、そちらの子はもしかして歩璃くんの……」

　え、あ……どうしよう。

　ちゃんと自己紹介したほうがいいのかな。

「あ、えっと、桜瀬恋桃です」

　あぁ……めちゃくちゃ無愛想な感じになっちゃった。

　もっと笑顔で明るく話せたらよかったのに。

「恋桃ちゃんって可愛いお名前ですねっ。わたしは杠葉瑠璃乃って言います。歩璃くんにはいつもお世話になっていて、恋桃ちゃんのお話も聞いてますっ」

　うぅ……間近で見た笑顔もとびきり可愛いし、ふわっとお花のような優しい匂いもする。

　無愛想なわたしにもこんな明るく接してくれるし、余裕があるようにも見える。

　瑠璃乃さんはどこかの財閥のお嬢様なのかな。

　今回このパーティーは学園の関係者だけが参加するって聞いてたけど。

　瑠璃乃さんと歩璃くんはどういう関係なんだろう？

「瑠璃乃さん今日ひとりなんですか？」

「あ、それが——」

　瑠璃乃さんが話してる途中で、急に誰かのスマホが鳴り始めた。

「あっ、ちょっと電話がかかってきたので失礼しますね！またお話しできる機会があれば……！」

　瑠璃乃さんは慌ててどこか行っちゃった。

　しかも、このタイミングで歩璃くんにまで電話がかかってきて。

「あー……悠からじゃん」

「出なくていいの？」

「まあ、頼まれることは目に見えてるけどさ」

「……？」

「僕が戻って来るまで恋桃はそこのソファで待ってて。すぐ戻るから」

　スマホを片手に歩璃くんもどこかへ行ってしまった。

　言われた通りソファに座って待ってると、15分くらいして歩璃くんが戻ってきた。

「はぁ……やっぱ悠から面倒なこと頼まれた」

「面倒なこと？」

「父さんからも学園の関係者が来てるからきちんと挨拶回れって言われたし。だからパーティーとか参加するの嫌なんだよね」

「そ、そっか。歩璃くん大変だね」

「恋桃も一緒に回る？」

「えっ!?　なんで!?」

　参加するってだけで心臓爆発しそうなくらいだっていうのに。

「僕の婚約者ですって紹介しよっか」

「こ、婚約者……!?　そ、そんな冗談が通じる場じゃないよ!」

「冗談じゃなくて本気で紹介してもいいと思ってるけどね」

「誰も認めてくれないよ!」

「恋桃可愛いから大丈夫でしょ」

「か、可愛くないし、可愛さで認めてもらえるような世界じゃないと思うのですが……!」

「そう?　僕の可愛い恋桃を自慢するいい機会だと思ったのに」

「自慢しなくていいよ!」

「恋桃が一緒に回れないってなると僕が挨拶回ってる間、恋桃はひとりで会場にいてもらうことになるけど平気?」

「うん、平気!」

　わたしに話しかけてくる人はいないだろうし、隅っこにいれば何ごともなく過ごせそうな気がする。

「なるべくすぐに終わらせて戻るつもりだけど。ひとりが不安だったら綾咲が駐車場で待機してるから来てもらう?」

「ううん、大丈夫だよ!　会場の隅で歩璃くんが戻って来るの待ってるから!」

　わたしは別にお嬢様でもないし、ましてや雇われてるメ

イドの身だから。

　パーティー会場に入ってから少しの間は歩璃くんがそばにいてくれたけど。

　やっぱり歩璃くんは天彩学園の理事長の息子っていうこともあってか、すぐに学園の関係者っぽい大人に声をかけられて、そのまま大人が5、6人集まる輪の中へ。

　歩璃くんすごいなぁ……。

　わたしと同い年なのに、あんな年の離れた大人たちと普通に笑顔で会話してるし。

　小さい頃からこういう場に参加して慣れてるんだろうなぁ……。

　やっぱりわたしとは住む世界が違うんだ。

　たとえ運命の番としてわたしと歩璃くんが結ばれていても、それはただのおとぎ話みたいなもので。

　今わたしと歩璃くんの間に存在するのは、メイドとご主人様っていう関係だけ。

　それ以外わたしたちの間には何もないんだ。

　今まで近くにいたはずの歩璃くんが、今はちょっと遠く感じる。

　たとえば、さっき挨拶した瑠璃乃さんみたいな人が歩璃くんにはふさわしいのかな。

　あっ……また歩璃くんと瑠璃乃さんが話してる。

　少し遠くからだけど、偶然なのかふたりが話してる姿が視界に飛び込んできた。

　歩璃くんも瑠璃乃さんも楽しそうだなぁ……。

　歩璃くんがいる世界はとてもきらびやかで、わたしがいる世界とはまったく違う。

　当然そうなれば瑠璃乃さんみたいな、同じ世界にいて隣に並んでも恥ずかしくないような人が歩璃くんにはお似合いなんだって。

　うぅ……ダメだ。モヤモヤが膨らんで胸が苦しい。

　歩璃くんと瑠璃乃さんが話してる姿を見たくないのに、気づいたら目線がふたりを追ってる。

　ふたりがどういう関係か何も知らないのに。

　もし歩璃くんが瑠璃乃さんのこと想ってるなんてことがわかったら……胸が痛くて耐えられない。

　自分ですごくわかる。

　今わたしヤキモチ焼いてるんだって。

「久しぶりだね恋桃ちゃん」

「……え？」

　ひとりでグルグル悩んでいたら、突然見知らぬ人がわたしの横に立っていた。

「……っと、久しぶりじゃなくてはじめましてかな？」

　低くて落ち着いた大人の男の人の声。

　パッと声の主を見てびっくりした。

「え……歩璃くん……？」

「ははっ、そんなに歩璃に似てるかな？」

　目の前にいる男の人は40代くらいで、大人の色気がすごくて。大人になった歩璃くんを見てるみたい。

　それくらい似てるということは。

「も、もしかして歩璃くんのお父さん……ですか？」

「お察しのとおり。突然声をかけて驚かせてしまったみたいだね」

「い、いえとんでもないです！　えっと、はじめましてですよね……！」

「ははっ、そうだね。そんな緊張してかしこまらなくて大丈夫だよ。もっと気楽に話してね」

　そう言われても。

　歩璃くんのお父さんということは、天彩学園の理事長でもあってわたしみたいなメイドが普通にお話できるような立場の人じゃないし。

「歩璃とはうまくやってるのかな？　綾咲からはふたりはとても仲がいいと聞いているけれど」

「え、えっと……ど、どうなんでしょう」

「歩璃の相手をするのは大変だろうなぁ。歩璃も恋桃ちゃんがそばにいてくれて浮かれているところもあるだろうからね。いつもすまないね、歩璃の面倒をみてもらって」

「と、とんでもないです……！　わたしのほうこそ雇っていただいてありがとうございます……！」

　このタイミングでお礼を伝えるの変だったかな。

　でも、なんて返したらいいかわかんないし。

「恋桃ちゃんのお父さんとはちょっとした知り合いでね。すまなかったね、急にお屋敷に来てもらって歩璃専属のメイドとして働いてもらうことになって」

「い、いえ。わたしの父と歩璃くんのお父さんが知り合い

だったのはびっくりです」

　お父さんたちが知り合いだっただけで、わたしと歩璃くんに接点^{せってん}はなかったのかな。

　もしあったとしても小さい頃とかで、わたしが覚えてないとか？

「恋桃ちゃんのお父さんには感謝してるんだ。無茶なお願いをいろいろと聞いてもらって」

　無茶なお願いってなんだろう？

　気になったけど、あんまり深く聞いていいことじゃないのかな。

「歩璃にとって恋桃ちゃんは特別な子だから。きっと今の歩璃には恋桃ちゃんの存在が必要で、守ってあげたいと強く思っているだろうから」

　これは今に思い始めたことじゃないけれど。

　歩璃くんはどうしてそこまでわたしのことを想ってくれるんだろう。

　歩璃くんのお父さんも、どうしてわたしにそこまで言ってくれるの？

「恋桃ちゃんがよければ、これからも歩璃のそばにいてほしいな。歩璃は恋桃ちゃんのことを一生かけて大切にすると思うんだ。手離したくないかけがえのない子だからね」

　歩璃くんのお父さんがとても優しい笑顔を浮かべたのが見えて……その直後、誰かに腕をグイッと引かれて。

「なんで恋桃と父さんが話してるの」

「おぉ、歩璃。もう挨拶回りは終わったのか？」

「まあね。恋桃のことひとりにしておけないし」

　お父さんが目の前にいるっていうのに、お構いなしで後ろからわたしに抱きついてくる歩璃くん。

「ってか、恋桃に何か変なこと言ってないよね？」

　首だけくるっと後ろに向けて歩璃くんを見ると、なんでかお父さんのこと睨んじゃってる。

「歩璃のこと、これからもよろしくねってお願いしただけだよ」

「……まあそれならいいけど」

「これからも恋桃ちゃんのために頑張らないとな？」

「…………」

「それじゃあわたしはこれで。恋桃ちゃん、歩璃のことよろしく頼むね」

「あ、はい……！」

　歩璃くんのお父さんが最後に歩璃くんの肩をポンッと軽く叩いて、その場を去っていった。

「父さんが恋桃のところに来るの想定外だったんだけど」

「わたしも急に大人になった歩璃くんに話しかけられたと思ってびっくりしちゃったよ」

「そんなに僕と父さん似てる？」

「すごく似てるよ！　歩璃くんが大人になったらこんな感じになるんだろうなぁって思ったもん」

　雰囲気とか声の感じもすごく似てたし。

「ってか、ほんとに父さんに何も言われなかった？」

「う、うん。歩璃くんとの生活のこと聞かれたくらいだよ？」

「……ふーん。で、恋桃はなんでそんな元気なさそうなわけ?」

「え? 別に元気ないなんてこと……」

「無理して笑ってるのバレバレだけど」

「そ、それは……」

　言えない……歩璃くんと瑠璃乃さんの関係が気になって、ふたりが楽しそうに話してる姿を見てモヤモヤしてるなんて。

「なに? 気になることあるなら言って」

「何もない……よ」

「そんな嘘僕に通じると思う?」

　やっぱり歩璃くんはエスパーだ。

　なんでもお見通しで、隠し事してもすぐにバレちゃう。

　歩璃くんのお父さんは、これからも歩璃くんのそばにいてほしいって言ってくれたけど。

　それがほんとにわたしでいいのかなって……。

　あぁ、やだな。こうやってモヤモヤして勝手に落ち込んじゃう自分がすごく嫌。

　瑠璃乃さんとのことを思い出したら、さっきのモヤモヤが再復活。

「恋桃?」

「っ……」

　そんな優しい声で聞くのずるいよ歩璃くん。

　黙り込んで、とっさに下を向いて。

　きっとわたしのこんな態度に呆れちゃうと思ったのに。

「おいで。こっちで話そっか」

　わたしの手を優しく引いて、人がたくさんいる会場から誰もいないテラスのほうへ。

「そんな泣きそうな顔してどうしたの?」

　わたしの両頬を包み込むように触れて、歩璃くんと視線がぶつかる。

「恋桃が不安そうな顔してたら何かあったのか気になって心配になるよ」

　わたし今そんな不安そうな顔してるの……?

　自分じゃわからなかったけど、今どれだけ無理して笑おうとしても口角があがらない。

「恋桃が嫌じゃないなら僕に話してほしいって思うよ」

　今わたし……歩璃くんのことでいっぱいだ。

　できることなら歩璃くんが、わたしだけを見てくれたらいいのに——なんて。

「あゆり、くん……」

「ん? どうしたの?」

　聞きたいのに聞けない……瑠璃乃さんのこと。

　たぶん聞けないのは返ってくる答えを受け止められる自信がないから。

　だってもし……歩璃くんにとって瑠璃乃さんがわたしよりも大切な存在だったら。

　歩璃くんがいつかわたしのそばを離れちゃうかもって。

　胸がモヤモヤして……それをどうしたらいいかもわからなくて。

　ただ……歩璃くんを他の誰かに取られるのはすごく嫌。

　わたしだけの歩璃くんがいいって思っちゃう。

「恋桃？」

　歩璃くんのネクタイを軽くクイッと引っ張って。

　少しだけ背伸びして……歩璃くんの唇に自分のをそっと重ねた。

　あ……。歩璃くんびっくりして目ものすごく見開いて固まってる。

　少しの間、触れてるだけでゆっくり唇を離すと間近で視線がしっかり絡み合ってる。

「ずるいよ恋桃。——煽った分、覚悟して」

「んん……っ」

　引き寄せられるように唇がまた重なって、深く押しつけてくる。

　さっきの触れるだけのキスなんか比べ物にならないくらい……甘くてぜんぶ溶けちゃいそう。

「あゆ……り、くん……っ」

「可愛い……もっとしよ」

「ふぇ……んっ」

　唇の熱が全身に伝染してるみたいに、身体がピリピリして熱い。

「もっと甘い恋桃ちょうだい」

「んぁ……ぅ」

　深いキスをしながら優しく頬を撫でられて……きもちよくて頭クラクラする……っ。

それに身体の内側がジンッと熱くて、うずいて耐えられなくなっちゃう。

「はぁ……可愛い。僕のこと欲しくてたまんないみたいなその顔……ものすごくそそられる」

「ん……」

「ほら声我慢して。僕以外に聞かせちゃダメでしょ」

「でき、な……んっ」

歩璃くんはイジワルでずるい。

我慢してって言うのに、触れてくる手がどこも弱いところばかり攻めてくるから。

「身体すごく敏感になってるね」

「っ……」

「キスきもちいいんだ?」

「ぅ……やぁ……」

チュッと唇を吸って、誘うように唇を舌でペロッと舐めてきたり。

口の中に熱がグッと押し込まれて、全身にあった刺激がぜんぶパッとはじけた。

「はぁ……っ、ぅ……」

発情は治まったけど、息が少しあがって身体の力もうまく入らない。

「僕にぜんぶあずけていいよ」

言われるがまま歩璃くんに身をあずけると、優しく抱きとめてくれる。

「ほんと僕の恋桃は可愛いね。誰にもこの可愛さ見せたく

ない。僕だけが独占したい」

　心臓がおかしいくらいドキドキして、キュッと縮まって。

　発情してるときのドキドキする感じと違うもの。

　歩璃くんの言葉ひとつひとつに心臓がうるさくなって。

　こうやってキスするのは……歩璃くんだけがいいって。

　キスは発情を抑えるためにしてるだけのものなのに。

　そのキスにドキドキして、心臓が騒がしくなっちゃうのはどうして……？

「あゆり……くん」

「ん？」

「手……つないでてほしい」

　はじめて自分から歩璃くんの手を取って、指を絡めてギュッとつなぐと。

　歩璃くんは、またちょっとびっくりした様子で……でもちゃんと握り返してくれる。

「恋桃がこんな素直に甘えてくるなんて逆に心配」

「なんで……？」

「いつも甘えてくれないじゃん」

　自分でもよくわからないけど、今は歩璃くんに甘えたくなっちゃう。

「ほかにしてほしいことある？」

「ずっとギュッてしてて……ほしい」

　手をつないだまま、ギュッて抱きつくと。

「はぁ……可愛い。可愛すぎるよ恋桃」

　さっきまであんなにモヤモヤしてたのに。

　歩璃くんを近くに感じるだけで、それがどこかにいっちゃう単純さ。

　でも……歩璃くんがキスするのも触れるのも……ぜんぶわたしだけじゃなきゃ嫌だ。

歩璃くんの優しさと温もり。

　長かった夏休みが明けた９月の中旬。

「恋桃おいで」

「や、やだ……！」

「この前みたいにキスしてくれないの？」

「し、しなぁい……！」

　夏休みに参加したパーティーの日から、歩璃くんのイジワル度が増してる。

「あのときの僕に甘える恋桃可愛かったなぁ」

　ほら、こんなことばっかり言って。

　にこにこ愉しそうに笑ってるもん。

　歩璃くんのほうを向かされて、チュッと唇が重なって。

「恋桃の可愛いとこもっと独占したい」

「うっ……キス簡単にしちゃダメだよ」

「恋桃だからしたいのに？」

　心臓バクバクうるさい。

　最近の歩璃くんは、発情してなくても不意打ちでキスしてくることが多くて。

　その度にわたしばっかりたくさんドキドキして余裕なくなっちゃう。

「恋桃にしかキスしたくない。だから恋桃も僕以外の男を求めるの禁止ね」

　また唇にチュッとキスが落ちてきて。

「僕以外の男が恋桃に触れるようなことあったら……僕そ
いつのこと容赦なく消したくなるから」

「ぶ、物騒すぎるよ」

「それくらい僕にとって恋桃は誰にも渡したくないの」

　今度はゆっくり優しくキスをして。

　何度もキスを許しちゃってる。

　わたしたちがキスをするのは運命の番だからで、お互い
の発情を抑えることができるから。

　それ以外に特別な感情はないわけで。

　じゃあ、歩璃くんは別に好きな相手じゃなくてもキスで
きちゃうの……？

　それに……パーティーで会った瑠璃乃さんのことはどう
思ってるの？

　はぁぁぁ……あんまりグルグル考えるのやめよ。

　瑠璃乃さんのこと気にしだすと、モヤモヤが復活しちゃ
うから。

＊　＊　＊

　──お昼休み。

「あの、恋桃ちゃん！　えっと、今日よかったらお昼一緒
に食べない？」

「もちろんいいよ〜！　湖依ちゃんからのお誘い断るわけ
ないじゃん！」

　今日はたしか歩璃くんお昼休みは用事あるから、一緒に

お昼食べられないって言ってたし。

「あれ、でも湖依ちゃんはいいの？　いつも青凪（あおなぎ）くんとお昼食べてるのに」

「あっ、うん。それが未紘（みひろ）くん今日は家の事情で学校休んでて」

「そっかそっか！　じゃあ、天気もいいし外で食べよっか〜」

　お弁当を持って、湖依ちゃんと中庭（なかにわ）のベンチで食べることに。

「そういえば、こうして湖依ちゃんとお昼ごはん一緒に食べるのすごく久しぶりだね！」

　いつもわたしは歩璃くんと、湖依ちゃんは青凪くんと食べてるし。

「こうして恋桃ちゃんと楽しく話しながらごはん食べられるのうれしいな……っ」

「いま湖依ちゃんの可愛さにわたしの心臓やられたよ!!」

「えぇ、どうして……!?　だ、大丈夫？　どこか痛い？」

「うぅ……湖依ちゃんが可愛すぎてつらい！」

　湖依ちゃんみたいな子がメイドだったら、可愛くて仕方ないだろうなぁ。

　そういえば少し前に湖依ちゃんのご主人様……青凪くんが湖依ちゃんに会いに一般クラスに来たとき、ものすごく騒ぎになったらしい。

　わたしは、たまたま歩璃くんを迎えに行かなきゃいけないから教室を離れてたんだけど。

愛読者カード

お買い上げいただき、ありがとうございました！
今後の編集の参考にさせていただきますので、
下記の設問にお答えいただければ幸いです。よろしくお願いいたします。

本書のタイトル（ ）

ご購入の理由は？　1. 内容に興味がある　2. タイトルにひかれた　3. カバー（装丁）が好き　4. 帯（表紙に巻いてある言葉）にひかれた　5. 本の巻末広告を見て 6. ケータイ小説サイト「野いちご」を見て　7. 友達からの口コミ　8. 雑誌・紹介記事をみて　9. 本でしか読めない番外編や追加エピソードがある　10. 著者のファンだから　11. あらすじを見て　12. その他（ ）

本書を読んだ感想は？　1. とても満足　2. 満足　3. ふつう　4. 不満

本書の作品をケータイ小説サイト「野いちご」で読んだことがありますか？
1. 読んだ　2. 途中まで読んだ　3. 読んだことがない　4.「野いちご」を知らない

上の質問で、1または2と答えた人に質問です。「野いちご」で読んだことのある作品を、**本でもご購入された理由は？**　1. また読み返したいから　2. いつでも読めるように手元においておきたいから　3. カバー（装丁）が良かったから　4. 著者のファンだから 5. その他（ ）

1カ月に何冊くらいケータイ小説を本で買いますか？　1. 1～2冊買う　2. 3冊以上買う 3. 不定期で時々買う　4. 昔はよく買っていたが今はめったに買わない　5. 今回はじめて買った

本を選ぶときに参考にするものは？　1. 友達からの口コミ　2. 書店で見て　3. ホームページ　4. 雑誌　5. テレビ　6. その他（ ）

スマホ、ケータイは持ってますか？
1. スマホを持っている　2. ガラケーを持っている　3. 持っていない

学校で朝読書の時間はありますか？　1. ある　2. 今年からなくなった　3. 昔はあった　4. ない

ご意見・ご感想をお聞かせください。

文庫化希望の作品があったら教えて下さい。

学校や生活の中で、興味関心のあること、悩みごとなどあれば、教えてください。

いただいたご意見を本の帯または新聞・雑誌・インターネット等の広告に使用させていただいてもよろしいですか？　1. よい　2. 匿名ならOK　3. 不可

ご協力、ありがとうございました！

郵便 は が き

104-0031

東京都中央区京橋1-3-1
八重洲口大栄ビル7階

**スターツ出版（株）　書籍編集部
愛読者アンケート係**

（フリガナ）
氏　名

住　所　〒

TEL　　　　　　　　　　　　携帯／PHS

E-Mailアドレス

年齢　　　　　　　　　　　　性別

職業
1. 学生（小・中・高・大学(院)・専門学校）　　2. 会社員・公務員
3. 会社・団体役員　　4. パート・アルバイト　　5. 自営業
6. 自由業（　　　　　　　　　　　　　　　　　）　7. 主婦　　8. 無職
9. その他（　　　　　　　　　　　　　　　　　　　　　　　　　　　）

**今後、小社から新刊等の各種ご案内やアンケートのお願いをお送りしてもよろし
いですか？**
1. はい　　2. いいえ　　3. すでに届いている

※お手数ですが裏面もご記入ください。

　なんでも青凪くんに夢中になってた女の子が教室で倒れちゃったんだとか。

「湖依ちゃんはなんでこんな可愛いの！」

「えぇ……!?　恋桃ちゃんさっきから急にどうしたの？」

「急じゃないよ〜。湖依ちゃんの可愛さにいつも癒されてるよ！」

　湖依ちゃんを独占したくなるご主人様の気持ちめちゃくちゃわかるもん。

　というか、湖依ちゃんは守ってあげたくなる可愛さが炸裂してるんだよね。

　それにね、湖依ちゃんは見た目もとびきり可愛いのに頭も良いし。

　内面だって家庭的で面倒見がよくてね。

　困ってる人に手を差し伸べる、とっても優しい子。

　こんな完璧すぎる女の子を放っておくわけないよね。

「恋桃ちゃんのほうが元気で明るくて笑顔がとっても可愛いよ？」

「はぁぁぁ……湖依ちゃんわたしのメイドになってください!!」

　こんな可愛いメイドさんがお世話してくれるなら、わたしなんでも頑張れちゃうよ。

「えっ!?　あっ、でも恋桃ちゃんのメイドになったら毎日楽しいかな」

「うんうん、毎日楽しいよ！　よしっ、今すぐ湖依ちゃんをわたしのメイドに……」

　……って、こんな会話をしてたらものすごいタイミングで湖依ちゃんのスマホが鳴った。

「あっ、ごめんねっ。電話かかってきたみたい」

　スマホに表示されてるのは青凪くんの名前。

「もしもし？　未紘くん？」

　このタイミングとか、もはや湖依ちゃんを取られないようにかけてきたとしか思えないのですが。

「あ、いま中庭で恋桃ちゃんとお昼食べてて」

　そうですよ、いま湖依ちゃんはわたしと楽しいお弁当タイムなんですよ。

　青凪くんはいつも湖依ちゃんのこと独占してるんだから、少しはわたしに譲ってくれてもいいんじゃ？

「えっ!?　いま学園に来てるんですか!?」

　どうやら青凪くんが学園に来てて、湖依ちゃんに会いたくて探してるみたい。

　これは青凪くんがここに来るのも時間の問題かぁ。

　少ししてから電話が切れて。

「いま未紘くんが学園に来てるみたいで」

「そうなんだ。じゃあ、午後から授業参加するの？」

「ううん。それが、空き時間ができたから少しわたしの顔を見に来るだけって」

　はぁ、なるほど。一瞬でも会える時間があれば湖依ちゃんの顔が見たいということですか。

　青凪くんの溺愛っぷりすごいなぁ。

　そして10分くらいしてやって来ましたよ、湖依ちゃん

のことがだいすきで仕方ない青凪くんが。
「……湖依に会いたくて死ぬかと思った」
　湖依ちゃんを見つけた途端、第一声がこれだもんね。
「未紘くんはいつも大げさです」
　そばにわたしがいるのに、お構いなしですぐさま湖依
ちゃんに抱きついてる。
「……なんも大げさじゃないって。湖依不足で毎日死にそ
うなんだから」
　もはや青凪くんの視界には湖依ちゃんしか映ってないの
では？
「毎日ずっと未紘くんのそばにいますよ？」
「それでも足りないの。はぁ……今すぐ湖依に触れたくて
たまんない」
　抱きつかれてる湖依ちゃんがつぶれちゃうんじゃない
かってくらい、青凪くんがものすごくギュッてしてる。
「ま、まってください未紘くん……っ！　恋桃ちゃんが見
てます……！」
　湖依ちゃんがなんとかストップをかけて、青凪くんがよ
うやくわたしの存在に気づいた様子。
　何気に湖依ちゃんのご主人様……青凪くんとははじめま
してだ。
　一瞬わたしを見たけど、すぐに湖依ちゃんに目線が戻っ
てまたギュッて抱きついて甘えてる。
「え、えっと恋桃ちゃんごめんね……！　未紘くんいつも
こんな感じで」

「ううん、全然大丈夫だよ！　湖依ちゃんすごく愛されてるねっ！」

「そ、そんなことないよ！」

　いやいや、それだけ懐かれてて湖依ちゃんしか眼中にないのまるわかりなのに。

　こんなわかりやすい男の子いないよ。

「……なんでそこ否定すんの。俺の愛は伝わってないんですかー？」

　ほら青凪くん拗ねてるよ。

「か、からかっちゃダメですよ……っ」

　ぷくっと頬を膨らませて、ちょっと顔が赤くなってる湖依ちゃん。

　か、可愛い……！と思って湖依ちゃんをじっと見てると。

　それに気づいた青凪くんが、スッと湖依ちゃんの顔を隠すように抱きしめちゃって。

「うっ……未紘くん……？」

「なんでそんなかわいー顔すんの」

　わたしに見せないように完璧にブロックしてる。

「湖依の可愛い顔は俺しか見ちゃダメでしょ」

「だ、誰も見てない……です」

「見てるじゃん。いま湖依のことめっちゃ見てた」

　はっ……それわたしのことじゃ……！

　青凪くんわたしのこと睨んでない!?

「も、もしかして恋桃ちゃんのことですか？」

「そーだよ」

「でも、恋桃ちゃん女の子ですよ……？」

「女の子でもダメ。湖依の可愛いとこはぜんぶ俺のなの」

　青凪くんの独占欲すごい。

　湖依ちゃんのこと大切にしてるし、すごく好きなんだなぁって。

　もはや青凪くんの世界は湖依ちゃん中心で回ってるんじゃ？

　しかも、湖依ちゃんはそれに気づいてなさそうだし。

　でも、青凪くんと湖依ちゃんはとってもお似合い。

　青凪くんも歩璃くんと同じアルファクラスの生徒だから、すごく優秀で完璧な男の子だろうから。

　このふたりは誰が見てもお似合いだって言うと思う。

　じゃあ、わたしと歩璃くんはどうなんだろう？

　周りのこと気にする必要はないかもしれないけど、やっぱりわたしが歩璃くんのそばにいるのをよくないと思ってる子もいる……よね。

　今まで特に誰かに何か言われたわけじゃないけど。

　――で、こんな余計なこと考えてるとそれが現実に起こってしまうわけで。

　放課後、話したこともない女の子３人組に呼び出されて……。

　連れて行かれたのは人があんまり来ない、いかにもヤバそうな体育館裏の倉庫。

　３人に囲まれて、真後ろは冷たいコンクリート。

「ね～、どうして呼ばれたかわかる～？」

　真ん中にいる女の子——萌ちゃんがにこっと笑って、甘えるような声のトーンで聞いてくる。

「な、何かわからな——」

「朱桃くんのことに決まってるでしょ」

　わぁ……ものすごい勢いで遮られたし、声もさっきの甘えるような感じから一変して低いし冷たい。

　萌ちゃんといえば、顔がとびきり可愛くて男の子からの人気もすごいって噂で聞いたことがある。

　性格だって裏表なくて、素直でいい子だって。

「恋桃ちゃんってすごいよね～。たいして可愛くもないのに朱桃くんの隣にいるんだもん」

　めちゃくちゃ満面の笑みで壁蹴ってるよ……。

　普段のふんわりした萌ちゃんのイメージがガラッと崩れたし。

　つまりこっちが萌ちゃんの本当の顔ってわけだ。

「自覚ないの～？　かわいそう～。周りのみんなも言わないだけで恋桃ちゃんが朱桃くんの隣にいるの納得いってないと思うよ？」

　そもそも今までこうやって女の子たちに絡まれたりしなかったのが奇跡だったのかな。

「わたしね、恋桃ちゃんみたいなフツーの子が目立ってるの気に入らないの。特別可愛いわけでもないのに、朱桃くんのメイドに指名されて浮かれてるんでしょ？」

「い、いや……そんなこと……」

「あれ、もしかして恋桃ちゃんって自分のこと可愛いと思っ

てるの？」
「そんなこと思ってな──」
「ほんとかなぁ？　ちょっと男の子たちから人気あって、朱桃くんのメイドだからって調子乗ってるよね？」
　相変わらず可愛い笑顔だけど、圧力すごいし真っ黒のオーラ隠しきれてないし。
「朱桃くんの隣にいるのがなんでわたしじゃなくて恋桃ちゃんなのかなぁ」
　そりゃ歩璃くんかっこいいし完璧だし、みんなが憧れる男の子だから。
　そんな歩璃くんの隣にいるのがわたしだったら、不満に思う子もいないわけなくて。
「だいたいさー、朱桃くんと全然釣り合ってないのにね」
　さっきから地味にグサグサと胸に刺さることばっかり言われてる。
　ここで言い返しちゃうと、何されるかわかんないから今は我慢しなきゃいけない。
「みんな思ってるよ？　どうして恋桃ちゃんみたいな平凡な子が朱桃くんに選ばれてるんだろうって。朱桃くんの隣にはもっとふさわしい子がいるよね〜。そんなふうに周りに思われてるのに気づいてないなんて鈍感すぎない？」
　自覚してるもん……。
　わたしじゃ歩璃くんと不釣り合いだってこと。
　でもそれを他人に言われると何倍も傷つく。
「あっ、こうやってわたしたちにされたこと朱桃くんに言

うとかやめてよ？　わたしたちはね、朱桃くんの隣に恋桃ちゃんは似合わないって、わざわざ教えてあげただけなんだから」

　ほら、女の子はこういうのが厄介（やっかい）で陰湿（いんしつ）なの。

「恋桃ちゃんがおとなしく身を引いてくれたら、わたしたちもこんなことしないのにね」

　ドンッと肩を強く押された拍子に、身体のバランスを崩して地面（じめん）にしりもちをついた。

　それに足首も軽くひねっちゃったし。

「しばらくここで反省（はんせい）してたらいいんじゃない～？　こんなところ誰も来ないだろうから、ひとりぼっちだね～」

「え～！　こんなところでひとりとか、かわいそう～」

「あ、そうだ。朱桃くんに伝えておいてあげるね。恋桃ちゃん今日はお迎え来られませんよ～って。男の子と遊びに行ったよって伝えておいてあげる」

　3人の笑い声と、見下すような笑みが見えて目の前の重い扉が閉められた。

　あぁ……どうしよ。これ閉じ込められたのかな。

　たしか体育館の裏の倉庫は鍵が外についてるタイプ。

　なので外から鍵をかけられたら、中から出る方法はないわけで。

　あっ、でもたしかスマホが──。

「って、なんでこんなときに充電（じゅうでん）切れてるの……」

　歩璃くんに怒られちゃうかな。

　わたしがこんなことになってるのも知らないだろうし。

　明日誰かが来てくれるまで、ここにひとりでいなきゃいけないのかな。

　そういえば小さい頃、誰の家か忘れたけど遊んでいたときに古い納屋に入って寝ちゃったことがあって。

　その納屋もこの倉庫と同じで外から鍵を閉めて、中からだと開かないタイプ。

　わたしが寝てるのに気づかずに、大人たちがそのまま外から鍵をしちゃって閉じ込められたことあったっけ。

　そのとき真っ先に助けに来てくれた男の子がいて。

『……こももちゃんいた』

『あっ、──くんっ』

『ここにいたんだね。いなくなったから心配したよ』

『なんでわたしがここにいるのわかったの？』

『こももちゃんのことなら僕なんでもわかるよ』

　頭の中でぼんやり幼い頃の記憶が浮かぶけど。

　男の子の顔があんまり思い出せないのなんでだろう。

　会話も声も微かだけど覚えてるのに。

　男の子の顔も名前も……ぜんぶもやがかかっていて思い出せない。

　思い出そうとすると、ちょっとずつ頭が痛くなる。

　鈍い痛みだったのが、少し強い痛みに変わって。

　それにひねった足首も痛いし、頭もガンガンする。

　目をつぶると次第にめまいもしてきて……意識がボヤッとし始めたとき──。

　外から鍵がガチャッと開く音がした。

　重たい扉が開いて、外のまぶしい光が入り込んできて。

　入り口に立ってる人を見てびっくり。

「うぇ……あゆり、くん……なんで？」

　あれ……わたしついに意識飛びかけて幻覚見てる……？

「え、あ……歩璃くんの幻……？」

「そんなわけないでしょ。恋桃のこと助けに来たんだから」

　付け加えて「幻にされたら困るんだけど」って言いながら、しゃがみ込んでるわたしに近づいて、そっと優しく抱きしめてくれた。

「なんでこんなことになってるの。めちゃくちゃ心配したんだけど」

　歩璃くんの腕がちょっと震えてる。

　それにすごく急いで来てくれたのか息を切らしてる。

「な、なんでわたしがここにいるのわかったの？」

「恋桃のこと妬んでるやつらがわざわざ僕のところに来たからね」

「わ、わたしが男の子と遊びに行ったって萌ちゃんに聞いたんじゃ……」

「そんな嘘僕が信じると思う？」

「う、嘘だってわかるの……？」

「わかるに決まってるでしょ。そもそも恋桃が僕以外の男のところに行くとか思ってないから」

　一瞬でも歩璃くんが萌ちゃんの言ったこと信じちゃったらどうしようって不安になったけど。

　そんなの不安にならなくてもいいくらい、歩璃くんはわ

たしのことを信じてくれてるんだ。

「僕は恋桃の口から聞いたことはぜったい信じるけど、他人が言ったことなんかそう簡単には信じないから」

「っ……」

「それがわからなくてわざわざ僕にわかりやすい嘘を言いに来るなんてアイツら頭悪いのかな。ってか、僕の恋桃をこんなところに閉じ込めるとかいい度胸してるよね」

「て、てっきり歩璃くん怒っちゃうかと思った……」

「なんで？」

「迎えにも行けないし連絡も取れないし……」

「怒るよりも先に何かあったのか心配になるけど」

　優しい歩璃くんの温もり。

　歩璃くんの体温をそばで感じると、すごく安心する。

「ってか、アイツらに何か言われたりした？」

「わたしは平凡だから歩璃くんの隣は似合わないし釣り合わないって」

「はぁ……釣り合ってないとか誰が決めるわけ。ってか、僕が恋桃を選んでそばにいてもらってるんだから文句あるなら僕に言うべきでしょ」

　付け加えて「まあ、どうせ僕には言えないんだろうけど。だからってこうやって裏でやるの悪質すぎてほんと気分悪いよね」って。

　歩璃くんの話し方からして、ものすごく怒ってるけどそれをなんとか抑えてる感じがする。

「僕の恋桃にこんなことするなんて相手のやつら死にたい

のかな」

「そ、それは物騒すぎるよ」

「恋桃を傷つけて怖い思いさせたんだから、僕にとっては
それくらいの代償<ruby>代償<rt>だいしょう</rt></ruby>なんだけど。ってか、むしろ抑えてるほ
うだしね」

「怖かったけど……歩璃くんが助けに来てくれたから」

「助けるのは当たり前でしょ。本来ならこんなことになる
前に防ぎ<ruby>防<rt>ふせ</rt></ruby>たかったけど。まあ、相手のやつらの顔は全員覚
えてるし。アイツら明日には学園に居場所なくなるから」

「そ、そこまでしなくても……」

　それってつまり退学<ruby>退学<rt>たいがく</rt></ruby>ってことだよね……？

「僕の恋桃を傷つけたんだから、それなりに罰せ<ruby>罰<rt>ばっ</rt></ruby>られる覚
悟は必要でしょ。ってか、退学くらいならマシなほうだし。
本来なら社会的に抹殺<ruby>抹殺<rt>まっさつ</rt></ruby>してもいいくらいなのに」

　かなり本気に聞こえるし、歩璃くんならほんとにやりか
ねないような。

「あとの始末<ruby>始末<rt>しまつ</rt></ruby>はぜんぶ僕がやっておくから。とりあえず屋
敷帰ろ」

　腕を引かれて立ちあがろうとしたけど、ひねった足首が
痛くてうまく立ちあがれない。

　それに気づいた歩璃くんが顔を歪め<ruby>歪<rt>ゆが</rt></ruby>て。

「……まさかケガもさせられたの？」

「や……えっと……」

「ぜんぶ正直に話して」

　こ、これは隠さずに話したほうがよさそう。

「軽く肩押されて……。あっ、でもわたしがバランス崩して転んじゃったのが悪くて……」

「はぁ……やっぱり今すぐアイツら消さないと僕の気がすまない」

「ま、まってまって……っ！　少しひねっただけだから！」

「僕の恋桃にケガまでさせるとか……同じように痛い目に遭わないとわからないのかな」

　も、もはやわたしの声聞こえてないんじゃ……？

「足首ひねったの？」

「う、うん」

「すぐ救急車呼ぶから」

「救急車……!?　まって、呼ばなくて大丈夫だよ！」

　冗談かと思ったけど、すでにスマホで電話しようとしてるし……！

「恋桃が大ケガしてるんだから呼ぶしかないでしょ」

「大ケガ……!?　少しひねっただけだよ……!?」

「僕にとっては恋桃が少しでも傷つけられたら大ケガに値（あたい）するんだけど」

「ほ、ほんとに大丈夫だから……！」

「でもひとりじゃ歩けないでしょ？」

「それはそうだけど……」

「じゃあ救急車——」

「呼ばなくていいよ！　湿布（しっぷ）とか貼（は）ってもらえたら時間が経てばよくなると思うから……！」

　なんとか救急車を呼ぶのを阻止。

　でも歩璃くんはかなり渋ってる様子。

「んじゃ、すぐ屋敷帰って処置してもらお」

　歩璃くんの腕がわたしの背中と膝の裏に回って、そのまま抱きあげられた。

　こうされるのは初めてじゃないのに。

　ずっと前……思い出せないけど、同じような出来事があったような気がして。

「どうかした？」

「あ、うぅん。なんかちょっと懐かしい感じがして」

　歩璃くんが一瞬驚いたような表情を見せて、何か言いたそうにしてる。

　でも、言うのをグッとこらえるように……わたしを優しく抱きしめながら。

「今は無理しなくていいから」

　その言葉の意味が今のわたしには理解できなくて。

　でも……歩璃くんが一瞬見せた切なそうな表情が、引っかかって頭から離れない。

幼い頃の記憶と歩璃くんのつながり。

「わぁ、どんどん見慣れない景色ばっかりになっていくね！」

「こんな自然がいっぱいなところに行く機会あんまりないもんね」

　9月の3連休を利用して、歩璃くんと一緒にわたしのお母さんのお墓参りに行くことに。

　まだ日中は暑さが残っているから、お昼を食べてからお屋敷を出た。

　少し遠出になるので綾咲さんに車を出してもらって、今向かっているところ。

　ほんの1時間前は見慣れたビルや、たくさんの車や人が映っていたのに。

　お母さんのお墓があるところは車が入れない細い道で、いったん車を降りて坂道をのぼらないといけない。

「おふたりで大丈夫でしょうか。わたくしもどこか車を停めてご一緒したほうが……」

「いいよ、僕がついてるし。時間になったら連絡するから」

「……そうですか。では何かありましたらご連絡ください」

　こうして綾咲さんは、いったんここを離れてまた数時間後に迎えに来てくれることになった。

「緑が豊かだね！　空気もすごく新鮮だし」

　雲ひとつない青空で、緑に囲まれて……こんな綺麗な景

色めったに見ることないなぁ。

　お母さんのお墓参りは１年に一度お父さんと来てる。

　場所が少し遠いのもあって、なかなか頻繁に来られる場所じゃないから。

「ほら、あんまはしゃぐと転ぶよ」

「大丈夫だよっ！」

「恋桃は抜けてるところあるから」

「むぅ……そんなことないのに」

「それにここあんまり道よくないから危ないよ」

　さらっとわたしの手をつないで歩いていく歩璃くん。

　いちばん暑い時間帯を避けたけど、日中はやっぱり暑いし日差しも強いなぁ。

　ここから坂道をのぼって、20分くらい歩かないといけない。

「大丈夫？」

「うんっ、これくらい平気！」

　わたしのことを気にしてくれて、歩幅も合わせてくれる歩璃くん。

　普段の歩璃くんなら間違いなく「無理、疲れた、帰りたい」とか言いそうなのに。

　むしろわたしのことを気遣ってくれてる。

「あ、歩璃くんごめんね」

「なんで謝るの？」

「だって、わたしのわがままで一緒についてきてもらっちゃって」

「わがままなんて思ってないよ。それに僕も恋桃のお母さ
んに挨拶したかったし」

　歩璃くんに手を引いてもらっていたら、あっという間。

　お母さんのお墓の前で手を合わせたあと。

　水桶にお水を汲んで、お墓の周りの掃除をすることに。

「いつもね、お父さんと来てるからわたしが歩璃くんと突
然来てお母さんびっくりしてるかも」

「恋桃が来てくれてお母さんもよろこんでるだろうね」

「そうだとうれしいなぁ」

　墓石の汚れを洗い流して、お墓の周りの雑草を取り除い
てほうきで綺麗に掃いたあと。

　ここに来る前に準備しておいたお花を花立てに挿して、
お供え物を供えた。

　再び歩璃くんと一緒にお母さんの墓石に手を合わせる。

　今日はね、お母さんに報告したいことがいっぱいあるん
だよ。

　わたし今、家を離れて歩璃くんのお屋敷でメイドとして
働いてるの。

　お父さんが勝手に契約書にサインしちゃったんだよ？

　このこと、お母さんからもお父さんを叱っておいてね。

　もしお母さんが生きていたら、歩璃くんのことも紹介で
きたのかな。

　たぶんびっくりしちゃうよね。

　歩璃くんがわたしの運命の番だってことを知ったら。

　きっとお母さんなら、「運命の恋なんて素敵じゃない！

その出会いを大切にしないと！　恋桃がその人の隣で幸せ
になることがいちばんなんだから」なんて言ってくれそう。

　チラッと隣にいる歩璃くんを見ると、ずっと無言で手を
合わせてる。

　わたしのお母さんと何か話してるのかな。

　いつになく真剣そうな表情の歩璃くん。

　わたしよりも長くお母さんと話してるんじゃないかな。

　しばらくして歩璃くんがゆっくり目を開けて、また深く
一礼したあと、わたしのほうを見た。

「恋桃はお母さんと話せた？」

「うん。あっ、でもあんまり話しちゃうと長くなるから、
いま歩璃くんの家でメイドとして働いてるんだよって報告
したよ！」

「そっか」

「歩璃くんずっと手合わせてたね。わたしのお母さんと何
話してたの？」

　ただなんとなく気になって軽く聞いただけ。

　なのに歩璃くんは真剣な表情のまま。

「今こうして恋桃と引き合わせてくれてありがとうござい
ますって伝えた」

　わたしの手を強く握って、再びお母さんに伝えるように。

「それと、これから先もずっと僕が恋桃のそばにいて幸せ
にしますってことも伝えた」

　ずるいよ歩璃くん。

　歩璃くんの未来にわたしがいるかなんて、ぜったいに約

束されてるものじゃないのに。

「恋桃のこと僕が一生かけて守りますって恋桃のお母さんと約束した。恋桃はこの世でひとりしかいない……僕にとってかけがえのない存在だから」

　歩璃くんの言葉がすごく胸に響いて、ぜったい守るっていうのがすごく伝わってくる。

「なんで、そこまで伝えてくれるの？」

「さあ。なんでだろうね」

「そこはぐらかしちゃうのずるいよ」

　歩璃くんは肝心(かんじん)なことを濁すところがある。

　わたしが知らない何かを隠してるみたいな。

　今これ以上踏み込んでも歩璃くんは教えてくれないだろうから。

「そろそろ行こっか」

「う、うん」

　つないだ手が、いつもよりとっても温かい。

　これからもこうして歩璃くんと一緒にいられたら幸せなんだろうなぁ……。

　いつの間にか、わたしの世界に歩璃くんがいるのが当たり前になっていて。

　いなくなるなんて想像できない。

＊　＊　＊

　歩璃くんが綾咲さんに連絡を取ってくれて、あとは迎え

の車でお屋敷に帰るだけ。

　坂道を下って、さっき綾咲さんと別れたところまで戻ろうとした途中。

「あっ、うそ……！」

　少し強い風がふわっと吹いて、かぶっている麦わら帽子が風に乗って飛んでいっちゃった。

「あわわっ、まって!!」

　歩璃くんの手を離れて、風にふわふわ乗っていく帽子を追いかけると。

　まるで、そこに導かれるようにあたり一面シロツメクサがたくさん咲いてる場所に来た。

「うわぁ、すごい。こんなところあったんだ」

　お母さんのお墓参りには何度か来てたけど、近くにこんな場所があったのは知らなかった。

　吸い込まれるように、自然とその場所にしゃがみ込んでると。

「恋桃！」

　歩璃くんの慌てた声が耳に入ってきた。

「あっ、歩璃くんどうしたの？」

「どうしたのじゃないでしょ。急に走り出していなくなるからびっくりした」

「ご、ごめんね！　帽子を追いかけるのに夢中になってて」

「お願いだから急にいなくなるのやめて。心臓に悪いから」

　どうやら歩璃くんが帽子を取ってくれたみたい。

　わたしの頭にスポッとかぶせてくれた。

「ここすごいね！　シロツメクサがこんなにたくさん咲いてるところ初めて見た！」

歩璃くんも、わたしと同じ目線になるようにしゃがみ込んだ。

「恋桃はシロツメクサ好きって言ってたもんね」

「うんっ。あっ、歩璃くんも好きって話してたね！」

ここには来たことないはずなのに、懐かしい気持ちで胸がいっぱいになるのなんでだろう？

「ちょっと前に屋敷の庭で花冠作ってたね」

「うん。あっ、小さい頃にね、四つ葉のクローバーも探したの！」

どこで探してたのか、場所までは思い出せないけど。

昔よくお昼から夕方くらいまでずっと夢中になって探してたけど、四つ葉のクローバーはそんな簡単には見つからなくて。

でも、奇跡的に見つけることができたときがあって。

それを見つけたのはわたしじゃなくて……誰だっけ？

『あっ、こももちゃん見て。四つ葉のクローバーあったよ』

『わぁぁ、ほんとだっ！　すぐ見つけちゃうのすごいっ！』

まただ……。前に体育館裏の倉庫で閉じ込められたときと同じ……昔の記憶がサーッと頭の中に流れてる。

『四つ葉のクローバーは幸せを運ぶって言われてるんだよ！　見つけたら大事に取っておかないと！』

これって幼稚園くらいのとき……？

ボヤッとしてて、あまり鮮明に思い出せない。

『じゃあ、これこももちゃんにあげるよ』

『どうして？』

『だって僕は今こももちゃんと一緒にいられて幸せだから』

　この男の子は誰なんだろう？

　わたしの記憶の中にずっといる男の子。

『わたしも幸せだよ！　じゃあ、これわたしが押し花にしてプレゼントするから大切に取っておいてくれるっ？』

　顔もボヤッとしてて、名前も思い出せない。

　それに、思い出そうとすると前と同じで頭に鈍い痛みが走る。

　なんでだろう。ぜったい忘れちゃいけない子だって……すごくたくさん思い出があるはずだって、自分の中に眠ってる記憶がそう訴えかけてるのに。

　こめかみのあたりがピリッとして、痛みがどんどん強くなっていくばかり。

「……もも」

「…………」

「こ……もも」

「…………」

「恋桃？」

「あっ……」

　歩璃くんの声でハッとして、入り込んでいた自分の世界から戻ってきた。

「どうしたの、大丈夫？」

「え、あっ……うん。ちょっと昔のこと思い出しちゃって」

「昔のこと？」

「さ、最近ね……ある男の子との思い出が頭の中に浮かぶ
ときがあって。でも、顔も名前も思い出せなくて。思い出
そうとすると頭がすごく痛くなっちゃうの」

「……それって全然思い出せないの？」

「なんかもやがかかってて」

　すると、歩璃くんは何も言わず優しくわたしを抱きし
めた。

「今は痛いの平気？」

「少しずつ治まってるかな」

「無理に思い出さないほうがいいかもね。……自然と思い
出せる日がいつか来るだろうから」

　なんだか歩璃くんの声がいつもより弱く聞こえるのはど
うして？

「あの、歩璃く──」

　話しかけた途端、絶妙なタイミングで歩璃くんのスマホ
が鳴った。

「……もしもし。うん、もうすぐそっち着くけど」

　聞きそびれちゃった……。

　電話の相手は綾咲さんだった。

　歩璃くんが綾咲さんと電話で少し話したあと。

「綾咲が迎えに来られなくなったって」

「え？」

　電話を終えての第一声がそれだった。

　わたしたちを迎えに行ってる途中、橋のたもとで事故が

あったらしく一時的に橋が封鎖されてしまったみたい。

　今日中に封鎖が解除されるかわからないらしく。

　しかも、わたしたちが今いる場所からお屋敷に帰るには事故があった橋を通るしか道がない。

「とりあえずもう少し下のほうに行って、どっか休めそうなところ探すことにしよ」

「う、うん」

　まさかのハプニングに襲われたけど、歩璃くんはすごく冷静。

　下まで降りていくけど、どこを見渡しても自然ばかりで、そもそも人が全然いない。

　場所も田舎のほうで山奥なのもあって、電車はないしバスすらも通ってない。

「まさか今日お屋敷に帰れなくなっちゃうこともあるんじゃ……」

「まあ、その可能性もあるよね」

「このまま野宿ってことも……」

「サバイバルみたいで楽しそうじゃん」

「歩璃くんなんで楽しもうとしてるの!?」

　焦ってるわたしとは対照的に、歩璃くんは相変わらず落ち着いてるし、なんなら楽しそうだし！

　そして再び綾咲さんから電話がかかってきて。

「やっぱ今日中に迎えに来るの無理だって」

「えっ!?　それじゃ、わたしたちどうしたら……」

「やっぱ野宿するしかないんじゃない？」

「む、むりむり！ お化けとか出たらどうするの!?」

「お化けより熊のほうが出そうだけどね」

「そんな怖いこと言わないでよぉ……！」

　それからさらに下のほうへ降りて、歩き続けること30分くらい。

「あっ、あそこに家がある！」

　古い旅館かな。

　少し古びた看板に"緑の宿"って書いてある。

　ガラガラッと戸を開けると、中はシーンとしてて。

「す、すみません！ どなたかいらっしゃいませんか！」

　すると、奥のほうから何やらパタパタ足音のようなものがして。

「あら～、これは若いおふたりさんだね～」

　中から女の人が出迎えてくれた。

　見るからに旅館の女将さんって感じの格好してる。

「あの、すみません！ わたしたち今日急に帰れなくなってしまって！ 泊まるところを探してるんです！」

「あぁ、それならうちに泊まるといいよ～。うちもいちおう旅館だからね～。ちょうど部屋も空いてるし」

　よ、よかったぁぁぁ！ とりあえず野宿にならなくてすみそう！

　早速、部屋のほうへ案内してもらうことに。

「それにしてもふたりともずいぶん荷物が少ないね～」

「えっと、お墓参りに来てて。本来なら車で帰る予定だったんですけど、橋のたもとで事故があったみたいで帰れな

くなっちゃって」

「あぁ、そういえばさっきラジオでそんなニュースが流れ
てたっけなぁ。車で来たってことはずいぶん遠くから来た
のに大変だったね。このへんは本当に何もないところだか
らねぇ」

　なんて会話をしてたら部屋に着いた。

「ひと部屋しか空いてなくてごめんね〜」

「いえ。僕たち毎日同じ部屋で過ごしてるんで」

「おや、まあ。仲良しなのはいいことだ〜」

「将来結婚する予定なので」

　ちょっと歩璃くんってば、変な爆弾落としていかないで
よ……！

　って、わたしが慌ててる間に歩璃くんも女将さんも部屋
の中に入って行っちゃうし。

　部屋は結構広くて、木の香りがほんのりする。

　こんな風情のある和室に泊まるの久しぶりだなぁ。

　ふすまを開けると、外の景色はもちろん緑でいっぱい。

　わたしがひとりで部屋の中をグルグル探索してる間、歩
璃くんと女将さんは何か話してる様子。

「それじゃあ、ゆっくりしていってね〜」

「はいっ、ありがとうございます！」

　6時からの夕食までは時間があるから、部屋でゆっくり
過ごすことに。

「結構広い部屋だね」

「そうだねっ」

「まだ時間あるからたくさんイチャイチャできるね」

「そうだね──うぇ？」

「うん、じゃあ早速しよっか」

「し、しなぁい!!」

　歩璃くんはいつもの調子だから困っちゃう。

＊　＊　＊

　食事は部屋じゃなくて大広間で食べることに。

　わたしたち以外にも何組かお客さんがいた。

　食事は山の食材を使ったものが多くて、なかでも山菜の天ぷらがすごく美味しかったなぁ。

　お腹も満たされて、あとはお風呂に入るだけ。

　歩璃くんと部屋に戻る途中。

「あ、スマホ忘れた」

「じゃあ、わたし先に部屋に戻ってるね！」

　歩璃くんと別れて部屋に戻る途中で、お土産コーナーを発見。

　あっ、しかもここ限定のアイスクリームも売ってる。

　せっかくだから少し見ていこうかな。

　お土産を見てアイスクリームをゲットしてから部屋に戻ると歩璃くんはいなくて。

　スマホのメッセージを確認すると、先にお風呂に行ったみたい。

　さっき部屋の説明をしてもらったとき、部屋にお風呂は

ついてなくて、2階に大浴場があるって。

　せっかくだからわたしもお風呂行こうかなぁ。

　備えつけのピンクの可愛らしい浴衣を持って、2階の大浴場へ。

「お風呂広いのかなぁ」

　女将さんが他のお客さんがいなければ貸し切りでお風呂を満喫できるかもって言ってたから。

　ルンルン気分でバスタオルを身体に巻きつけて、お風呂の扉を開けると。

　あ、誰かひとりいる──ん？

　一瞬、湯気で誰がいるのかはっきり見えなくて……湯船に近づいてびっくり。

「へ……っ、なななんで歩璃くんが……!?」

「……は。いや、それこっちのセリフだし」

　えっ、うそ。わたし入るお風呂間違えた……!?

　あれ……でもまって。

　お風呂の入り口ひとつしかなかったような。

「お風呂の時間気をつけるようにって説明されたでしょ」

「へ……へっ？　そ、そんな説明あったっけ……？」

「大浴場ひとつしかないから男女で時間帯によって入れる時間変わるって言われたじゃん。今は恋桃は入ってきちゃダメな時間」

「うぇぇぇ……そ、そんな……」

　部屋の中の探索に夢中で聞いてなかったかも。

　そのせいでまさかこんなことになっちゃうなんて……！

　と、とにかく今の時間は男の人しか入れないみたいだから、わたしはすぐに出ないと……！

　慌てて出ようとしたら、またしてもピンチ到来（とうらい）。

「お前さー、風呂にまでスマホ持っていくなよ」

「わりぃわりぃ」

　うそうそ、どうしよう……!!
　脱衣所（だついじょ）から男の人たちの声がする……!!

「え、あっ、えぇっと……」

　頭の中はパニックを通り越してパンク寸前。

「……恋桃。こっちきて」

「う……っ、でも……」

「いいから」

　言われた通り歩璃くんがいる湯船に浸かって。
　心臓のドキドキは最高潮（さいこうちょう）。
　後ろから歩璃くんの手で口元を塞がれて。

「……ぜったい声出しちゃダメ」

「ぅ……」

　後ろから耳元でささやかれる声と、近すぎる距離に心臓がバクバク。

　男の人たちが入ってきたら大変なことになっちゃう。
　いろんなドキドキが混（ま）ざりあって、耐えられない……っ。

「おっ、あったあったー。盗（ぬす）まれてなくてよかったわ」

「つーか、こんな田舎の旅館で盗まれるほうがレアだろ」

「だなー。んじゃ、部屋戻るか」

　間一髪（かんいっぱつ）。とりあえず男の人たちが出ていってくれてよ

かった。

「ぷは……っ」

　やっと苦しいのから解放された。

　でも、ピンチな状態は変わらないわけで。

「う……え、あぅ……えっと……」

　後ろ向けない。

　いくらお湯が濁ってるとはいえ、振り返ったら歩璃くんがいる。

　背後に気配を感じるだけで心臓がまだバクバクしてる。

「……やばいね、この状況」

「へ……っ」

「めちゃくちゃ興奮する」

「ふぇ……？」

　顎に歩璃くんの指先が触れて……くるっと後ろを向かされた拍子に。

「きゃ……ぅ」

　わたしがバランスを崩しちゃって、とっさに腰のあたりに歩璃くんの手が回ってきた。

「う、ぁ……うぅ……」

　上半身裸の歩璃くんが視界に飛び込んできて、もう頭も心臓も大騒動。

　視点をどこに合わせたらいいのかわかんないし、顔あげられない。

　……のに。

「恋桃……僕のこと見て」

「っ、や……むり……っ」

　耳元に落ちてくる甘い声にクラッとする。

　それに、歩璃くんの大きな手がわたしの頬を撫でたり耳たぶに少し触れたり。

　ゆっくりな手つきに身体が過剰に反応しちゃう。

「……いつもより敏感になってるね」

「ひゃ……っ」

　耳元にフッと息を吹きかけられて、びっくりした反動で顔をあげちゃった。

　バチッと視線がぶつかった瞬間。

「んんっ……」

　吸い込まれるように唇が押しつけられた。

　甘くて危険な深いキス。

　身体の内側の熱がブワッとあがって、うずいてる。

「ま、まって……あゆり、くん……っ」

「何がダメなの？　この状況で我慢しろとか無理だよね」

　肌がピタッと密着して……普段抱きしめられてる感覚と全然違う。

　お互いの体温がじかに伝わって、肌と肌が触れ合ってるだけでこんなにドキドキするなんて知らない……っ。

「ねぇ、ほら……恋桃の熱もっとちょうだい」

「んぅ……やっ」

　ちょっと抵抗しても歩璃くんはブレーキをかけてくれない。

「恋桃……もっと口あけて」

「はぁ……っ、ぅ……」

　両手を押さえつけられて、されるがまま。

　キスがどんどん深くなって、息をするタイミングもうまくつかめない。

　キスとお風呂の熱で頭ボーッとして、視界がゆらゆら揺れてる。

　甘すぎる熱のせい──ふわっと意識が飛んで、目の前が真っ暗になった。

*　*　*

「ん……ん？」

「あ、やっと目覚めた」

　ゆっくり目を開けると、部屋の天井が視界に飛び込んできた。

　あれ……わたしいつの間に布団に……？

　横を向くと、歩璃くんがわたしと同じように横になっていて。

「体調どう？　気分悪くない？」

　まだちょっと身体がポカポカしてる。

「恋桃お風呂でのぼせて気失ったんだよ」

「え、あ……うそ」

「今日はもうお風呂は諦めて、また明日の朝にするしかないね」

　はっ……というか、わたしお風呂の中で倒れたんだよ

ね……？

　えっ、だとしたらここまでわたしを運んだのって……。

「えっと、わたしどうやって部屋に戻って……」

「僕が運んだに決まってるでしょ」

「うぇぇぇ!?」

「そんな驚く？」

「だ、だってだって……わたしお風呂にいて……！」

「そうだね。湯船でのぼせたんだし」

　はっ……それに、なんでわたしちゃっかり浴衣に着替えてるの？

　自分で着た覚えないし。

　だとしたら、着せたのは歩璃くんしかいないわけで。

「うぅぅぅ……むり……死んじゃう……っ!!」

「今度は急に何？」

「こ、こここの浴衣着せたの……」

「僕しかいないよね」

　な、なんでそんな冷静なの……！

　こっちは恥ずかしくて仕方ないのに!!

「まあ、さすがに浴衣着せてあげるくらいしかできなかったけど」

　横になってるわたしをギュッと抱きしめながら。

「下着もつけたほうがよかった？」

「な、なななっ……!!」

　浴衣越しに背中の真ん中あたりを指で触ってる。

「そこまでやったら恋桃が怒ると思ったから」

「うぅぅぅ……これじゃもうお嫁さんにいけない……っ！」

「いいよ。僕がもらってあげるから」

「うぇ……っ？」

「ってか、恋桃は僕のお嫁さんになるしかないよね？」

「え、あっ、え？」

「だって僕が一生恋桃のこと手離す気ないんだから」

　チュッと軽く触れるだけのキスが落ちてきた。

「うぬ……もうキスしちゃダメ……」

「なんで？　僕まだ足りないんだけど」

「お、お風呂でしたのに……！」

「あんなので僕が満足すると思う？」

「ひっ……」

　あっという間に真上に覆いかぶさって、とっても危険な笑みを浮かべてる歩璃くん。

「浴衣の帯ってほどきたくなるね」

「なっ、ぜったいダメ……っ」

「まあ……浴衣脱がしやすいからいっか」

　そのあと、歩璃くんからの甘い刺激は止まることなく。

　熱っぽい歩璃くんの瞳。

　それにあんまり余裕がないみたいで。

「はぁ……っ、やば。恋桃可愛すぎ」

「う……やぁ……んっ」

　少し乱れた浴衣を気にもせずに、前髪をクシャッとかきあげる姿がすごく色っぽく映って。

「ねぇ、恋桃も熱いでしょ？」

「ほんとに、もう……っ……」

「恋桃のせいだよ……僕がこんな熱くなってるの」

　甘い吐息がかかって、身体がもっとゾクゾクしてる。

「まっ……て、耳は……ぅ……っ」

「……ここ弱いんだ？」

「ひゃ……っ、ん」

　耳たぶに歩璃くんの唇がこすれるだけで、身体が勝手に反応しちゃう。

「恋桃が可愛すぎてなんも抑えきかない」

　キスされてると、いつも何も考えられないのに。

　頭の片隅でボヤッと……歩璃くんは、なんでわたしにキスするのかな……なんてことが浮かんでる。

　運命の番だから、発情を抑えるためだけ……？

　そこに歩璃くんの気持って何もないのかな。

　一瞬そんなことが頭に浮かぶのに──ぜんぶ甘い熱に流されちゃう。

☆
☆
☆   ☆

第 4 章

歩璃くんと瑠璃乃さん。

　夏らしさが抜けきって、秋めいてきた10月の休みの日のこと。
「今日瑠璃乃さん来るって」
「んえ？」
　朝ごはんを食べ終えて、食器を洗っていたらそんなこと言われて間抜けな声が出ちゃったよ。
「うちに泊まる予定だから」
「うぇぇぇ!?」
「なんか瑠璃乃さん恋桃に会うの楽しみにしてるみたいだから」
「えっ、わたし？」
　歩璃くんと会うのが楽しみなんじゃなくて？
　はっ……もしかして、歩璃くんは自分のものだから身を引いてよ的なこと言いに来るとか？
　でも前に会ったときの瑠璃乃さんは、そんなこと言うような人に見えなかったけどなぁ。
「ところで瑠璃乃さんって、わたしたちより年上なの？」
「そうだね。僕たちよりふたつ上」
「やっぱりそうなんだね」
　落ち着いてるし、大人っぽいから年上かなぁとは思ってたけど。
「瑠璃乃さんに何かあったら大変なことになるから、あん

ま失礼のないようにね」
「う、うん。わかった」

* * *

　メイドの仕事をしていたら、しばらくして瑠璃乃さんが
やってきた。
　玄関先でわたしがお出迎え。
「あっ、恋桃ちゃんこんにちは！　今日1日お世話になり
ます！」
「こ、こんにちは。こちらこそよろしくお願いします」
　前にパーティーで会ったときも思ったけど、瑠璃乃さ
んって大人っぽい雰囲気だけど、明るくて元気で可愛らし
さもあるなぁ。
　それにしても瑠璃乃さんのキャリーケース重そう。
　瑠璃乃さんみたいな華奢な人が持つのは大変だろし。
「あのっ、よかったらキャリーケース持ちます！」
「いえいえ大丈夫です！　これくらい持てちゃいます！
バイトで鍛えてるので！」
　バ、バイト？？
　え、瑠璃乃さんみたいなお嬢様がバイトするなんて世界
存在するの？
「えっと、社会勉強的なやつですか？」
　そうに違いない。
　じゃなきゃ瑠璃乃さんがバイトする理由がないもん。

「社会勉強というより生活のためです！」

　生活のため??

　え、瑠璃乃さんが生活のためにバイトしてるの？

　ますます混乱してきたよ。

　あ、それかご両親に頼らずひとりで生計を立てられるようにすでに自立してるとか？

　瑠璃乃さんすごくしっかりしてるっぽいし。

「今はやめてしまったんですけど、少し前まではパン屋さんとコンビニのバイト掛け持ちしてました！」

　こ、こんな可愛い店員さんがコンビニにいるの!?

　それにパン屋さんでもバイトしてたなんて。

　わたしだったらそこのパン屋さんの常連さんになっちゃうよ。

　瑠璃乃さんみたいなタイプのお嬢様もいるんだなぁ。

「なので今日はわたしもお手伝いさせてください！　恋桃ちゃんのお役に立てるように頑張ります！」

「いえいえ、瑠璃乃さんはゆっくりしててください！」

「お気になさらず！　普段から身体を動かすのが好きなので！　むしろゆっくりくつろいでると身体がなまっちゃいそうなので！」

　瑠璃乃さん自身が何もしなくても、周りが助けてくれそうなのに。

　自分でなんでもやろうとしてる姿勢がすごいなぁ。

　わたしも見習わないと。

「えっと、瑠璃乃さんのお部屋はこっちです」

　歩璃くんから瑠璃乃さんはゲストルームに案内するように
にって言われてる。

「あっ、ありがとうございますっ。恋桃ちゃんメイド服とても可愛いですね！　前にパーティーでお会いしたときもドレス姿とっても可愛かったです！」

「い、いえいえそんな！　瑠璃乃さんのほうが100倍可愛いです!!」

「それは大げさです！　わたしが可愛かったら世も末ですよ！」

　瑠璃乃さんって自分のことになるとすごく天然入ってる気がする。

　なんだか湖依ちゃんにちょっと似てる。

　自分の可愛さ自覚してないところとか。

「それじゃあ、わたしはお屋敷でまだ他に仕事があるので。何かあったら声かけてください！」

「ありがとうございますっ。あとで歩璃くんにも挨拶しなきゃですね」

　そうだった。歩璃くんにも瑠璃乃さんが来たこと伝えておかないと。

　あと、瑠璃乃さんが来る前に外に干していたシーツがそろそろ乾いてるだろうから取り込まないと。

　今日は綾咲さんがお屋敷を空けてるから、いつもよりちょっとだけやることが増えてる。

　お屋敷内の掃除をすませたあと、外でシーツを取り込んで中に戻ろうとしたら。

「恋桃ちゃんっ！」

「ど、どうしましたか？」

　手を振って小走りで駆け寄ってきてる瑠璃乃さん。

　瑠璃乃さんドジなところありそうだから転んじゃうかもしれない……！

「きゃぁ……!!」

　あぁ、ほらやっぱり！

　瑠璃乃さんがケガしたら大変……！

　とっさに手に持っているシーツをバッと広げて、なんとか瑠璃乃さんの身体をキャッチ。

「あわわっ、恋桃ちゃんごめんなさい！　せっかく洗ったシーツを汚してしまって……！」

「大丈夫です！　それより瑠璃乃さんはケガしてないですか？」

「はいっ。恋桃ちゃんのおかげです！」

　よ、よかったぁ。

　瑠璃乃さんに何かあったら歩璃くんが黙ってないだろうから。

「えっと、それでどうかしましたか？」

「もうすぐおやつの時間なので、恋桃ちゃんと一緒にクレープ作りたいなぁって」

「クレープですか？」

「はいっ。わたし生地作って焼くので、恋桃ちゃんが好きにトッピングしてください！」

　——というわけで。

　瑠璃乃さんが手際よくクレープの生地を薄くきれいに焼
いてくれてる。
「瑠璃乃さんって、ほんとになんでもできちゃうんですね」
「前にクレープ屋さんでバイトしてたこともあったので！」
　ほへぇ……。瑠璃乃さんっていったいどれだけバイトし
てたんだろう。
「えっと、瑠璃乃さんはトッピング何がいいですか？」
「いちごのカスタードホイップがいいですっ。太っちゃい
そうですけど、甘いのすごく好きなので！」
　太る心配なんかしなくてもいいくらい細いのに。
　クレープがたくさん完成したので、瑠璃乃さんと一緒に
食べることに。
「んっ、とっても美味しいですね！」
　すごく幸せそうな顔して食べてるなぁ。
　にこにこしながらクレープ頬張ってるの可愛すぎるよ。
　しかも結構たくさんあったのに、瑠璃乃さんがほとんど
ひとりでペロッと食べちゃってる。
　すると、そこに歩璃くんがやってきた。
「あっ、歩璃くんもクレープ食べますか？　恋桃ちゃんが
トッピングしてくれたんですよ！」
　瑠璃乃さんがスッとその場から立ちあがって駆け寄ろう
としたら、またしても転んじゃいそうになって歩璃くんが
とっさに支えて。
「わわっ……！」
「慌てたら危ないですよ」

「ごめんなさい！」

「瑠璃乃さんってよく転びますよね」

「うっ……そうなんです。気をつけているんですけど油断したらいつも転んじゃいそうになってます」

「ケガしないでくださいね。瑠璃乃さんに何かあったら大変なことになるんで」

　こんな人にかなうわけないよなぁ……。

　見た目も可愛い上にいろんなことができて、ちょっとドジなところもあって……こんな魅力的な人には、どれだけ頑張っても追いつけない。

　ふたりが話してる姿を見たら、ちょっと気持ちが落ち込んじゃう。

＊　＊　＊

　晩ごはんを食べ終えて、お風呂に入ってから。

　やらなきゃいけないことをふと思い出して部屋を出ると、偶然なのか瑠璃乃さんとばったり会った。

「あっ、恋桃ちゃんっ。ちょうどよかったです！　今お部屋に行こうと思ってました！」

「え？」

「髪がまだ濡れてますね！　よかったらわたしが乾かすので部屋に来てください！」

「そ、そそんな！　瑠璃乃さんにやってもらうなんておこがましいというか……！」

　もし歩璃くんにバレたら怒られちゃうんじゃ……!?

　瑠璃乃さんパシリにするなんていい度胸してるねとか笑顔で言われそうなんだけど！

「ほぼ毎日やってて慣れてるので任せてください！」

　毎日瑠璃乃さんみたいな美女に髪を乾かしてもらえるって前世でどれだけ徳積んだの!?

「え、えっと、ほんとに大丈夫——」

「遠慮しなくていいですよっ。ほらここ座ってください！」

　ソファにストンと座ると、温かい風があたって瑠璃乃さんの手が優しくわたしの髪に触れる。

　人に髪を乾かしてもらうのきもちよくて、なんだかボーッとしちゃう。

「恋桃ちゃんは兄弟とかいますか？」

「あっ、いないです！　ひとりっこです！」

「じゃあ、わたしと一緒ですね！」

「そうなんですか！　瑠璃乃さんすごくしっかりしてるので妹さんか弟さんいるかと思ってました」

「ほんとは兄弟欲しかったんです。なので、恋桃ちゃんが妹みたいで可愛くて可愛くて。はっ、ちょっと馴れ馴れしかったですかね……！」

「いやいや、そんな！　瑠璃乃さんがお姉ちゃんだったら毎日幸せですよ!!」

「えへへっ、そう言ってもらえてうれしいです！」

　見た目も完璧で、内面もこんなにしっかりしてるのに可愛らしさもあって。

こんなに素敵な人、放っておくわけないもん。

歩璃くんもそんな瑠璃乃さんの魅力に惹かれてるんだろうな……。

わたしがどれだけ頑張ってもかなわない人なんだって、何度も思い知らされちゃう。

「こうして恋桃ちゃんと楽しく話すことができる機会を作ってくれた歩璃くんに感謝ですねっ」

「そう、ですね」

瑠璃乃さんは、歩璃くんのことどう思ってるのかな。

ふたりが話してるところは数回しか見たことないけど、歩璃くんが瑠璃乃さんのことを気にかけてるのは一目瞭然だし。

瑠璃乃さんの人柄がいいからこそ、こんなふうにモヤモヤしちゃう自分が嫌だ。

わたしの心が狭いんだろうな……。

「じつは、わたし少し前までひとり暮らしをしていて」

「え、瑠璃乃さんがですか?」

「はいっ。父も母も家にほとんどいなくて」

「瑠璃乃さんみたいな可愛い娘さんをひとりで残してどこか行ってるんですか?」

「可愛いかは別としてですよ! 両親は困ってる人を放っておけない性格なので、よく海外に行って生活に困っている人や子どもたちを助けに行ってるんです」

「海外に行ってるんですか?」

「そうなんです。そういった世界の貧しい人たちを救う支

援団体があって、父も母も微力ながら力になりたいとのことで、海外を飛び回って生活をしてるんです」

へ、へぇ……。瑠璃乃さんの家ってなんかわたしが想像してる感じと違うなぁ。

「わたしは学業があるので日本に残ってひとりで生活をしてるんです」

「そうなんですね。瑠璃乃さんしっかり自立してるのほんとにすごいです。わたしも見習わなくちゃって思います」

「恋桃ちゃんはそのままで充分ですよ！　あっ、いろいろ話してたら髪乾きましたねっ」

最後にブラシで丁寧にとかしてくれた。

もう気づいたら夜の９時を過ぎてる。

そろそろわたしも部屋に戻らないと。

「恋桃ちゃんは歩璃くんのお部屋に戻っちゃいますか？」

「そ、そうですね」

「じゃあ、わたしも一緒に行きます！　歩璃くんにお願いしたいことあるので」

こうして瑠璃乃さんと一緒に歩璃くんの部屋へ。

「え、なんで瑠璃乃さんが恋桃と一緒なんですか？」

ゲストルームにいるはずの瑠璃乃さんがここにいて、ちょっとびっくりしてる様子の歩璃くん。

「歩璃くん、ひとつお願いしてもいいですか？」

「……なんですか？」

「今日ひと晩、恋桃ちゃんを借りたいですっ」

にこにこ笑顔の瑠璃乃さんと、ピシッと固まって明らか

に無理ですって顔してる歩璃くん。

「恋桃ちゃんと一緒に寝たいです！　ダメですか？」

「いや……え……いや」

　珍しく歩璃くんが言葉に詰まってる。

　でも、瑠璃乃さんは一歩も引く様子がなくて。

「恋桃ちゃんとっても可愛くて、まだ話したいので一緒に寝たいです！」

「僕も恋桃のこと譲りたくないんですけど」

「歩璃くんは毎日恋桃ちゃんと一緒ですよね？　わたしは今日しか恋桃ちゃんと一緒に寝られないんですよ？」

「いや、そうですけど……」

　す、すごい瑠璃乃さん。

　あの歩璃くんをグイグイねじ伏せちゃってる。

「瑠璃乃さんずるいですね。僕が瑠璃乃さんに言われたら断れないの知ってて言ってますよね？」

「どうでしょう……！」

「あとあと瑠璃乃さんの言うこと聞かなかったなんてバレたら僕ぜったい殺されるんですけど」

　こうして歩璃くんが渋々折れることになり、わたしは瑠璃乃さんと一緒の部屋で寝ることに。

　てっきり歩璃くんと瑠璃乃さんがふたりになりたいと思ってたから、わたしが邪魔なのかと思ったのに。

　なんだか拍子抜けしちゃった。

　「今日恋桃ちゃんとたくさんお話できて、一緒に寝ることができてうれしいですっ」なんて可愛いこと言ってる

瑠璃乃さん。

*　*　*

　そして迎えた翌朝。

　朝ごはんを食べるためにダイニングへ。

　そこで歩璃くんと顔を合わせたんだけど。

「はぁ……恋桃がそばにいないだけで僕の精神が死にそう」

　寝不足なのか、歩璃くんの顔色が今まで見たことないくらい悪くなってる。

　そんな歩璃くんに対して瑠璃乃さんは。

「歩璃くん具合悪そうですね、大丈夫ですか？」

「恋桃のこと取られたからですかね」

「わたしはとってもよく眠れました！　可愛い恋桃ちゃんと一緒に寝られて楽しかったです！」

　にこにこ笑顔でグサッとはっきり言うあたり瑠璃乃さん強いなぁ。

　朝ごはんを食べ終えてもうすぐお迎えが来るみたいだから、瑠璃乃さんは部屋に戻って帰る準備をすることに。

「瑠璃乃さんがここまで恋桃のこと気に入るとか想定外。僕もう恋桃が足りなくて死にそう」

「そんな強く抱きしめたらわたしつぶれちゃうよ！」

「もう瑠璃乃さんあずかるのやめようかな」

「えぇ、どうして？」

「だって僕から恋桃のこと奪うじゃん」

「そんなつもりないと思うよ？」

「ってか、早く迎えに来てほしいんだけど。じゃないとまた恋桃のこと取られそう」

　そしてしばらくしてから瑠璃乃さんのお迎えが。

　そこに現れたまさかの人にびっくり。

「あ、恋桃ちゃんだ？　久しぶりだね」

「えっ、なんで悠先輩が？」

「ん？　なんでってそんなの──」

　すると、悠先輩が誰かを見つけた途端ものすごくにっこと笑顔になって。

　後ろを振り向くと瑠璃乃さんが小走りでこちらにやってきてるのが見える。

「あっ、悠くん！　お帰りなさい！」

「あぁ、俺の瑠璃乃は今日もとびきり可愛いね」

　ん？　んんん？？

　えっ、ちょっと待って。

　悠先輩と瑠璃乃さんって知り合いだったの？

　それにずいぶん親しげな気がするけど。

　悠先輩がすかさず瑠璃乃さんをギュウッと抱きしめて。

「俺がそばにいなくて寂しくなかった？」

「平気です！　恋桃ちゃんと楽しく過ごせました！」

　えぇっと、このふたりの関係は？

　見るからにラブラブオーラ全開なんですけども。

「相変わらず瑠璃乃は寂しがらないねー。俺だけかぁ、瑠璃乃に会えなくて寂しかったの」

　悠先輩の頬ゆるみっぱなし。

　もはや瑠璃乃さんしか視界に映ってないんじゃないかってくらい、瑠璃乃さんのことしか見てない。

「ってか、恋桃ちゃんと楽しく過ごせたんだ？　へぇ、いいなぁ。俺は瑠璃乃がそばにいなくて死ぬほど大変な思いしてたのに」

　偶然なのか悠先輩とバチッと目が合った。

　心なしか、悠先輩のにっこり笑った顔に圧を感じるのですが！

　わたしに瑠璃乃さんを取られたと思ってるのか、ぜったい渡さないよって顔に書いてある。

「悠くんはもう少し甘えるの直さないとダメですよ！」

「うん、またいつかね。今は瑠璃乃がたくさん甘やかしてくれないと俺頑張れないよ」

「今までわたしがいなくても頑張れたじゃないですかっ！」

「うん、それは前までの話ね。もう瑠璃乃に出会っちゃったから無理」

　つまりこの状況は……？

　わたしだけ置いてけぼり状態。

　するとそこに歩璃くんがやってきて。

「はぁ……悠やっと来たんだ」

「あれー、なんか歩璃の顔やつれてない？」

「瑠璃乃さんに恋桃取られた」

「へぇ、それは大変だ？　瑠璃乃ずっと楽しみにしてたからねー。恋桃ちゃんとお泊まりできるの」

「……他人事だと思ってるでしょ」

「瑠璃乃が恋桃ちゃんのこと気に入ってるなら、歩璃が譲るしかないよねー」

「…………」

「もし瑠璃乃の機嫌損ねたらどうなるか歩璃がいちばんよくわかってるもんねー？」

「……悠のその腹黒い性格どうにかならないの？」

「えー、なんのこと？　俺はただ瑠璃乃の希望はなんでも聞いてあげたいし、それに逆らうやつがいたら始末するくらいのことしか考えてないけど？」

　ひぇぇ……悠先輩ってば物騒すぎる……！

　歩璃くんもたまにぶっ飛んだこと言うけど。

　もしかして悠先輩って歩璃くんよりヤバい人なんじゃ。

「もう瑠璃乃さんうちであずかるのやめていい？」

「えー、それはダメでしょ？　だってさ、俺が寮にいない間、可愛い可愛い瑠璃乃をひとりにしておくなんて心配しかないでしょ？」

「……そんなの知らないし。護衛でもつけたらいいじゃん」

「瑠璃乃はしっかりしてるように見えて抜けてるところあるから。まあ、そんなところも可愛いんだけど。だからさ、ひとりにしてると他の男に狙われないか心配が絶えないだよねー」

　ふたりの会話から、これってもしかして——。

「あ、あのひとついいですか？　悠先輩と瑠璃乃さんって、いったいどういう関係なんですか？」

　すると、まさかの答えが返ってきた。

「瑠璃乃は俺の運命の番だよ？」

「うぇぇぇ……！　そうなんですか!?」

「あれ、てっきり歩璃から聞いてると思ってたけど」

　付け加えて「この前学園の創立記念パーティーで会ったんじゃなかったっけ？」って。

「俺も本来ならそのパーティーに招待されてたから行く予定だったのにさ、急に外せない用事が入って瑠璃乃だけ先に会場に行ってもらうことになっちゃったし」

　それで瑠璃乃さんが会場でひとりでいたんだ。

「だから俺が会場に到着するまでの間、歩璃に瑠璃乃のことよろしくねーって頼んでおいたんだよね。変な虫が寄ってこないようにって」

　あぁ、そういえばパーティーのとき悠先輩に頼み事されたとか言ってたような。

　それで歩璃くんは、瑠璃乃さんのことを気にかけていたんだ。

　じゃあ、わたしとんでもない勘違いしてたんじゃ？

　てっきり歩璃くんが瑠璃乃さんのこと気になってるのかと思ってた。

　それに、ふたりともお似合いだからわたしが入る隙はないと思ってたのに。

　まさか瑠璃乃さんが悠先輩の運命の番だったなんて。

　それを知った今すごくホッとしてる。

「悠はいつも僕に無茶な頼み事しすぎ」

「そう？　だってさ、歩璃くらいしか頼れないんだよねー。他の男はみんな瑠璃乃の魅力にどっぷりはまっちゃうだろうから。歩璃は恋桃ちゃんに一直線だから心配いらないんだよねー」

「悠はいろんなところ抜かりないから敵に回したくない」

「よくわかってんじゃん？　さすが俺と付き合い長いだけあるねー。んじゃ、これからも俺が寮を空けるときは瑠璃乃のことよろしくね」

　なんて言って、悠先輩と瑠璃乃さんは車で学園の寮に帰って行った。

　ふたりが帰ったあと、脱力した歩璃くんがわたしに抱きついてきた。

「はぁぁぁ……思わぬライバル出現じゃん」

「ライバルって？」

「瑠璃乃さんだよ。僕の恋桃なのに勝手に気に入ってるし」

「瑠璃乃さんは女の人だよ？」

「そんなのカンケーないし。恋桃のこと可愛いって思っていいのはこの世で僕だけなのわかってる？」

　今日はいつにもまして、歩璃くんのベッタリ度がすごいことになってる。

「で、でも悠先輩と瑠璃乃さんが運命の番だったなんてびっくりしちゃった」

「言ってなかったっけ？　ってか、パーティーで瑠璃乃さんと顔合わせてたからフツーに気づいたかと思った」

「い、言ってなかったよ。それに、わたしだっていろいろ

悩んでグルグルしてたのに……」

「何を悩んでたの?」

「う、や……えっと、てっきり歩璃くんは瑠璃乃さんみたいな大人っぽい年上の女の人が好みなのかなって」

「いや、なんでそうなるの。ってか、瑠璃乃さんも悠のメイドだから恋桃と同じやつ首にしてるからわかるでしょ」

「うぅ、そうだけど……!」

　パーティーのときは、そんなに気にしてる余裕なくて気づかなかったし。

　昨日は首元が隠れるタートルネックのセーターを着てたから見えなかったもん。

「瑠璃乃さんのお願い断ったら悠がブチ切れるし黙ってないから面倒なんだよね」

「それだけ悠先輩は瑠璃乃さんのことだいすきなんだね」

「だいすきっていうか、あれは異常だと思う」

「異常?」

「そう。悠は異常なくらい瑠璃乃さんしか見てないし。瑠璃乃さんに何かあったら本気でおかしくなって狂っちゃうだろうから」

「そ、そんなに?」

「それくらい今の悠にとって瑠璃乃さんはすごく大事な人だから。それに、悠はもともとあんな感情を表に出すタイプじゃなかったし。いつも作り笑顔で周りとなんとなくうまくやり過ごして。誰も本当の悠の顔を知らないんじゃないかってくらい悠は自分を隠すのがうまいから」

「そう、なんだ」

　悠先輩はてっきり普段から明るくて、世渡り上手な人だと思ってたけど。

「でも瑠璃乃さんと出会って変わった。きっと瑠璃乃さんの真っ直ぐな優しさが悠を変えたんだと思う」

　そんなに想われてる瑠璃乃さんが羨ましいな。

　瑠璃乃さんも悠先輩をすごく大事にしてるだろうから。

　運命の番でお互い強く想い合ってるのがわかるのっていいな。

　運命の番は、ただ本能が惹かれ合うだけで相手のことを好きかどうかは無関係って言われているから。

　運命の番が好きな人だったら、それこそすごくロマンチック。

　じゃあ、わたしと歩璃くんの場合は？

　歩璃くんは、わたしのことどう思ってるんだろう。

　ただ運命の番だからって、発情を抑えるっていう理由だけでキスなんて簡単にできちゃうの……？

　歩璃くんは別に好きじゃない女の子でもキスできる……のかな。

　仮に運命の番がわたし以外の女の子だったら……その子ともキスできちゃうの？

　あ……少し胸のあたりが重くてモヤモヤする。

　だって、もし歩璃くんの運命の番がわたし以外の女の子で、こんなふうに近くで触れ合うことも、キスすることも許しちゃうなんて――そんなのやだ。

　それってわたしが欲張りでわがままだから？

　それとも──わたしの中で何か知らない感情が芽生え始めてるから？

　ただひとつはっきりしてるのは……出会った頃よりずっと歩璃くんが特別な存在になってること。

「恋桃？　どうしたの、難しい顔して」

「……ちょ、ちょっと考え事してて」

「へぇ。僕とふたりでいるときに考え事なんてする余裕あるんだ？」

　ひっ……歩璃くんちょっと機嫌悪くなってない……!?

　顔は笑ってるのに、ものすごく圧を感じる！

「ち、違うの違うの！　考えてたのは歩璃くんのことで！」

　はっ……ちょっと口が滑ったかも。

「僕のこと考えてたの？　じゃあ、何考えてたか教えてよ」

　ほらぁ……ぜったい聞きたがると思った。

「言いなよ。これご主人様の命令だから」

「うっ、そういうときだけ使うのずるいよ」

「そういうときだからこそ使うものでしょ」

　グイグイ攻めてくるときの歩璃くんは、そう簡単には折れてくれない。

　内緒なんて言ったら大変なことになっちゃう。

「う……うぇっと……うぅ……」

「ちゃんと日本語喋ってよ」

「え、えっと……あ、歩璃くんがね、わたし以外の女の子のこと見るのやだなって……思っちゃって」

「恋桃以外の女の子なんか見てないのに？」

「歩璃くんと瑠璃乃さんが話してるの見て、気持ちがモヤモヤしちゃって。気づいたら歩璃くんのことばっかり考えてて……」

どうしよ、歩璃くんの顔見れない。

うつむいてると、上からものすごい深いため息が降ってきた。

あぁ、歩璃くん呆れちゃったのかな。

恋桃の分際で何言ってるのとか跳ね返されちゃうかな。

「ねぇ、恋桃それ可愛すぎるよ」

「え？」

「僕の心臓止めるつもり？」

「うぇ……？　そ、そんなつもりないよ？」

「もうほんと可愛すぎて無理……」

ゆっくり顔をあげたら、歩璃くんがすごくうれしそうな顔をして笑ってる。

「僕も恋桃のことばっかり考えてるよ」

「……っ」

「ってか、恋桃のことしか考えてない。他の子なんか眼中に入らないくらい恋桃しか見てない。それくらい僕にとって恋桃は特別な子なんだよ」

この言葉を素直に受け止められないのなんでだろう？

他の子より特別に思ってもらえるのは、わたしが運命の番だから……？

運命の番じゃなくても、歩璃くんはわたしのことこんな

に想ってくれたのかなって。

　もし、この歩璃くんの想いがわたしじゃない他の女の子に向けられるとしたら耐えられない。

「こんなに恋桃だけ見てるのに」

　わたしだって、こんなに歩璃くんのこと見てて頭の中いっぱいなのに。

　どうして気になってることをちゃんと聞くことができないんだろう……？

リボンは嫉妬の引き金。

「はぁぁぁ……僕今日死ぬのかな」

「歩璃くん昨日からそれ何回も聞いてるよ」

「え、ってか今日ずっと恋桃のそば離れるとか無理すぎるんだけど」

　昨日の夜から歩璃くんがずっとこんな調子。

　事の発端は昨日の夜、歩璃くんのもとにかかってきた１本の電話。

　天彩学園の理事長でもある歩璃くんのお父さんに、学園の理事会が終わった後に会食があるから、それに参加するよう言われたみたい。

　その関係で今日歩璃くんは授業を欠席して、もうすぐお屋敷を出ないといけない。

「会食とか面倒だから学園ごとつぶれてくれないかな」

「そんな物騒なこと言っちゃダメだよ！」

　この通り歩璃くんの機嫌も口もすごく悪くなってる。

「ってか、理事会の後の食事に僕参加する意味ある？」

「あると思うよ……っ！」

　だって理事長の息子なわけだし。

「そんなことしてるひまあるなら、恋桃のことたっぷり可愛がってるほうがよっぽど愉しいし」

　こんな会話をしてる間に綾咲さんが部屋にやってきてしまった。

「歩璃様。そろそろ車のほうへ移動をお願いいたします」

「……無理。恋桃も連れて行っていいでしょ？」

「それはなりません。今回は歩璃様おひとりで会食にご参加ください」

「はぁ……無理すぎる。朝から夜まで恋桃に会えないとか死ぬんだけど」

　綾咲さんの前だっていうのに、お構いなしにわたしに抱きついて離れてくれない。

「恋桃様も困っていらっしゃいます」

「え、どこが？　僕と離れるの嫌だって顔してるでしょ」

「綾咲さん！　早く歩璃くんを連れて行ってください！」

　——と、こんな感じで朝から歩璃くんを送り出すだけでひと苦労。

＊　＊　＊

　午前の授業はあっという間に終わって迎えたお昼休み。

　いつもは歩璃くんとお昼を食べてるけど、今日はどうしようかなぁ。

　湖依ちゃんは青凪くんのところに行っちゃってるし。

　購買で何か買ってこようかな。

　——で、購買に来てみたはいいけど。

「すみませーん。焼きそばパンとカレーパンくださーい」

「あ、俺はカツサンド！」

「俺は唐揚げ弁当ひとつ！」

　ひぃ……お昼の購買ってこんなに人すごいの？

　いつもは歩璃くんと一緒で、購買に来ることなかったから知らなかったよ。

　早い者勝ちみたいな感じで、売ってるものがどんどんなくなっていっちゃう。

　こうしちゃいられない！　なんとしてもお昼ごはんをゲットしなければ！

　人の合間を縫って、なんとか買えそうなところまで来たけど。

　うぬ……人と人の間に挟まれて押しつぶされそう。

　目の前にミックスサンドとヨーグルトがあるけど、すごい勢いでパッと取られちゃう。

　うぅ……これはお昼ごはん諦めるしかないのかな。

　せめて何かゲットしたいけど。

「すみませーん。ミックスサンドとヨーグルトください」

　あぁ、いいなぁ。

　わたしもそのふたつ買いたかったのに。

　ガクッと落ち込んでると、急に後ろからものすごい力で腕を引っ張られた。

　な、なになに……!?　わたしまだ欲しいものゲットできてないのに!!

「昼の購買は人すごいねー。俺もあんま来たことないからびっくりしちゃったよ」

「うぇ……悠先輩……!?」

　なんとびっくり。

　わたしを連れ出したのは悠先輩だった。

　こうして学園内で会ったのは初めてかも。

「久しぶりだねー。って言っても、この前歩璃の屋敷で会ったばっかりか」

「なんで悠先輩がここに？」

「偶然通りかかったら見覚えのある子がいるなーと思ってね。よく見たら恋桃ちゃんだったから」

「そ、そうだったんですね」

「はい、これあげる。欲しかったんでしょ？」

「え、あっ、え？」

「あれ違った？」

「ち、違わないですけど。悠先輩が食べたくて買ったんじゃないんですか？」

「ううん。恋桃ちゃんが人に埋もれて大変そうだったから俺が代わりに買ってあげようかなーってね」

　な、なんと優しい!!

「あの、お金払います！」

「これくらい気にしなくていいよ」

「で、でも！」

「んじゃ、この前瑠璃乃と楽しい時間過ごしてくれたお礼ってことで受け取ってよ」

　笑顔でさらっとそんなこと言えちゃうのすごいなぁ。

「す、すみません。ありがとうございます」

「いいえー。あ、そうだ。恋桃ちゃん今時間ある？」

「あっ、はい」

「今日歩璃休んでるでしょ？　よかったら俺とお昼食べない？　瑠璃乃はクラスメイトの子につかまって俺のところ来られないみたいだから」

　まさかのまさか。

　急きょ悠先輩とお昼を一緒に食べることになった。

　歩璃くんと一緒で悠先輩ももちろんVIPルームがあるわけで。

「テキトーに座ってくつろいでねー」

「あ、ありがとうございます」

　何気に悠先輩とふたりで話すの初めて会った日以来だから、ちょっと緊張する。

「もしかして緊張してる？」

「へ!?　な、なんでですか!?」

「恋桃ちゃんって結構わかりやすいよねー。すぐ顔に出るタイプでしょ？」

「うぬ……よく言われます」

「ははっ、素直でいいことだねー。歩璃は恋桃ちゃんのそういうところも可愛いと思ってるんだろうなぁ」

　付け加えて「まあ、歩璃の場合は恋桃ちゃんが何をしても可愛いとか思ってそうだけど」なんて。

「それにさ、今こうして俺が恋桃ちゃんとふたりで話してるなんて歩璃が知ったら会食放り出して飛んできそうだよねー」

「それは大変です」

「やってみよっか、面白いし」

「ダメですダメです！　それに面白くないですよ!?」

「えー、そう？　焦ってる歩璃の姿想像したら笑えちゃうけどなぁ」

　悠先輩って、やっぱり敵に回すとヤバい人のような気がする。

「それに焦ったりしないと思いますよ。悠先輩は瑠璃乃さんのことしか見てないって歩璃くんが言ってましたもん」

「それはそうだねー。俺の瑠璃乃は可愛さが異常だから。あれはもはや可愛すぎて凶器になっちゃうくらいだよ。俺は何度瑠璃乃の可愛さにやられそうになったことか」

「瑠璃乃さんが可愛いのはめちゃくちゃわかります」

「うん。まあ、俺のほうが瑠璃乃の可愛いところたくさん知ってるけどね」

　なんかちょっと対抗されたような気がする。

「ところでさ、歩璃と恋桃ちゃんは付き合ってるの？」

「ぶっ……！　は、はい……!?」

　唐突にそんなこと聞いてくるから、飲んでるレモンティー噴き出しそうになったんだけど！

「その反応だと付き合ってないんだ？」

「わたしと歩璃くんはそういう関係じゃないです……」

　自分で言ったのに、胸がチクッと痛いのなんでだろう？

「へぇ。それ歩璃が聞いたら傷つくだろうなぁ。いや、ショックで気失うかもね」

「だって、わたしと歩璃くんはメイドとご主人様っていう関係だけで……。あと、ただ運命の番っていう理由でそば

にいるだけなので。それに、歩璃くんがわたしのことどう思ってるかもわからないですし」

「歩璃って結構わかりやすいんだけどね。他人から見たら歩璃は恋桃ちゃんしか見てないの一目瞭然なのになぁ」

　なんて返したらいいかわからなくて黙り込むと。

　悠先輩が何か思いついたようにポンッと手を叩いて。

「んじゃ、俺から質問ね。恋桃ちゃんは歩璃のこと好き？」

「へ……？」

「あ、もちろん恋愛的な意味でね。ちゃんとひとりの男として歩璃のこと好きかって」

　めちゃくちゃ核心をつく質問。

　今まで自分の中でも何度も考えてきたこと。

　歩璃くんの気持ちはわからないままだけど。

　わたしは歩璃くんのことどう思ってるんだろうって。

「じゃあ、もしさ歩璃が恋桃ちゃん以外の女の子を選んだらどう思う？　歩璃が他の子のものになるの嫌でしょ？」

「いや……です」

「それはもう歩璃のこと好きってことだよね」

「え、あっ……えぇ……!?」

「歩璃のこと独占したい気持ちがあるわけだし」

　わたし歩璃くんのこと好き……なの？

　だから歩璃くんが他の女の子に取られちゃうのも嫌だし、歩璃くんの優しさぜんぶわたしだけに向いたらいいのにって思っちゃうの？

　歩璃くんにドキドキするのも、運命の番だからとかじゃ

なくて……歩璃くんだからドキドキするの？

「恋桃ちゃんはさ、歩璃に触れられて嫌だと思うことある？」

「な、ないです」

「普通はさ、好きでもない相手に触れられたりするのって抵抗あると思うんだよねー」

　ははっと笑いながら、さらに。

「じゃあさ、いま俺に抱きしめられてるの想像してごらん？恋桃ちゃんはそれでドキドキする？」

「あんまりしない……です」

「じゃあ歩璃は？」

「すごくドキドキします」

「ほら、恋桃ちゃんは歩璃にしかドキドキしないってことでしょ」

「うぅ……」

　すごく簡単なことだったのに、自分の気持ちに気づくのって難しい。

「いったん気持ち整理してみるといいね。恋桃ちゃんの中で歩璃への気持ちはたしかなもので、すごく大きくなってると思うから」

　たぶん……ううん、ぜったい──わたし歩璃くんのこと好きになってる。

「あともうひとついいこと教えてあげるよ。歩璃ってさ、結構一途なピュアボーイなんだよ？　一途にずっと誰かを想い続けるのってすごくない？　たとえ相手が自分のこと

を覚えていなくても」

「……？」

「まあ、俺の口からはあんまり細かいことは言えないけど」

　悠先輩は、わたしが知らない歩璃くんのことを何か知ってるような気がする。

「恋桃ちゃんは運命って信じる？」

「ど、どうでしょう」

「信じてみてもいいかもよ？　運命の相手って意外と自分のそばにいるっていうし」

　やっぱり悠先輩は、何か知ってるようではっきり教えてくれない。

「それに、歩璃の気持ちがわからなくて不安ならさ……」

　悠先輩がわたしの首元にそっと手を伸ばして……シュルッとリボンをほどいた。

「俺に取られたって言ってみるといいよ」

「えっ、リボン返してもらえないんですか？」

「うん。それで歩璃の気持ちたしかめてみなよ」

　そう言われても。

　別にリボン取られたくらいで、歩璃くんはなんとも思わないんじゃ。

「男はね、ちょっとしたことですぐ嫉妬する生き物だから」

「……？」

「自分が特別に想ってる子ならなおさらね」

＊　＊　＊

　放課後。

　今日は歩璃くんがいないから、お屋敷から学園までの送り迎えは断ったけど歩璃くんがそれに反対。

　わたしこれでも雇ってもらってるメイドだから、そこまでしてもらわなくていいのに。

　歩璃くんは心配性だから。

　迎えの車でお屋敷に帰ると、まだ帰ってるはずのない歩璃くんがいてびっくり。

「あっ、おかえりなさい。帰ってくるの早かったんだね！」

「恋桃に会いたくて早く切りあげてきた」

　うっ、今の心臓に悪いよ。

　すぐにギュッてしてくれて、歩璃くんの言葉にも行動にも心臓がドキドキしちゃう。

　歩璃くんはいつもとなんら変わらないのに、わたしは好きって気づいた途端に心臓バクバクでフル稼働。

「そ、そんな抱きしめたらつぶれちゃうよ」

「僕は恋桃に会えなくて死ぬほど寂しかったのに」

　うぬ……もはやわたしの声聞こえてないんじゃ。

「と、とりあえず着替えさせて！　わたしこのあとメイドのお仕事もあるし！」

「僕のこと構うのも仕事でしょ？」

　歩璃くんの甘々な攻撃が止まらない。

　これじゃわたしの心臓もたない……っ。

「うぅ……歩璃くんってばぁ……！」

「おとなしくしないと口塞ぐよ」

　歩璃くんの腕の中でジタバタ暴れても効果なし。

「ってか、キスしたいからしよ」

「ちょ、ちょっ……まって！」

　歩璃くん暴走しすぎ……！！

　慌てて歩璃くんの身体を押し返すと、何やらわたしのことをじっと見てる。

「リボンどうしたの」

　うそ、歩璃くんってば気づくの瞬殺じゃん。

　なんて言ったらいいの。

　正直に話していい……のかな。

「悠先輩に取られちゃって」

「……は、なんで？」

　歩璃くんの声色が一瞬にして低くなった。

「今日偶然学園で会ったから、ちょっと話してて」

「何を話してたの」

「そ、それは……」

　言えない。歩璃くんを好きって気づいたこと。

　だって、もし歩璃くんが同じ気持ちを返してくれなかったら。

　今こうしてそばにいることもできなくなるって、とっさに頭の中をよぎったから。

「恋桃は僕のでしょ。なんで他の男に触れさせるの」

「でも、悠先輩は瑠璃乃さんしか見てないって歩璃くんもわかって……」

「そんなのカンケーない。悠でもダメ。僕以外の男が恋桃

に触れていいわけないでしょ」

　甘くてずるい言葉。

　今の歩璃くんは自分が満足するまで離さないって……危険な瞳をしてる。

「……おいで。僕のことしか考えられないように恋桃の身体に教えてあげるから」

　甘いささやきのあと……危険を合図（あいず）するように寝室の扉が音を立てて閉まった。

　ベッドに押し倒されて唇が重なったのはすぐのこと。

　でも、一度触れただけでゆっくり離れていって。

「恋桃の弱いとこ……たくさん攻めてあげるから」

「ひゃ……っ」

　制服の中にひんやり冷たい空気が入って、お腹のあたりに歩璃くんの大きな手が撫でるように触れてきてる。

「ま、まって……肌そんな触っちゃ、や……」

「……抵抗できるの今のうちかもね」

　空いてる片方の手が太もものあたりを撫でて、指先がイジワルに動いて。

「恋桃はここ好きだもんね」

「うぁ……やっ」

「ほらすごく反応してる……可愛い」

　絶妙な力加減で触れられて……優しく弱くしたり攻めるようにグッと強くしたり。

　身体の奥がジンッと熱い。

　腰のあたりがゾワゾワして、脚もじっとしていられない。

「あー……ほんとは焦らされておかしくなってる恋桃が見たかったけど……僕がもう限界」

「んんっ……」

　たくさん焦らされて、唇が触れた瞬間に今まで感じたことない刺激が走って耐えられない。

「は……っ、かわい」

「ん……」

「キスきもちいいから発情治まらないね」

　押しつけられる唇から伝わってくる熱のせいで、気持ちが高ぶって全然抑えられない。

「はぁ……っ、その顔やば……」

「ぅ……あ」

　唇がわずかに離れて、お互い息が乱れてる。

　わたしも歩璃くんも、まだ身体の熱が引いてないせいか吐息すらも甘くて熱い。

「……熱くてクラクラするね」

「ふぁ……ぅ……」

「理性あてにならない」

　また唇が重なろうとしたとき、少し顔を下に向けると。

　すぐにクイッとあげられて、もとに戻されちゃう。

「やっ……ダメ……ほんとにダメ……」

「……なんで？　まだ発情治まってないのに」

「ぅ……だって、もうこれ以上されたら……っ」

「おかしくなっちゃう？」

「ひゃぅ……っ」

　首筋に落ちてくるキスも、触れてくる手も甘くて拒（こば）めなくなっちゃう。

「でもほら……恋桃の身体はこんなに欲しがってる」

「ん……ぅ……っ」

「やめていいの？」

　キスも触れるのもぜんぶピタッと止まった。

　ただ歩璃くんの熱い瞳に見つめられるだけ。

　これでいいはずなのに、身体がまだ全然満足してない。

「はぁ……ぅ、あゆり……くん……」

「……なに？　恋桃が言ったんだよ、触れるのダメって」

　そうだけど……っ。

　身体の内側がうずいて、じっとしていられなくなるし、自分じゃどうすることもできない……。

「熱くて、やだ……っ」

「じゃあ……恋桃からキスして」

「むり……っ、できない……」

「ほらして……僕も我慢できない」

　グッと迫ってくるのに……唇がほんのわずか触れない。

　自分からキスなんてできないのに。

　発情してるときは理性がちっとも機能しない。

　だから……ほんとに軽く唇に触れるだけ。

「……そんなんじゃ足りないでしょ」

　ゆるんだ口の中にグッと熱が押し込まれて、もっともっと深い甘さに誘い込んでくる。

「なんで、こんなイジワルするの……っ」

「僕のこと妬かせた恋桃が悪いんだよ」

　わたしはただ歩璃くんのメイドとしてそばにいるだけなのに。

　こんな甘いキスされたら……もっと歩璃くんに夢中になって好きになっちゃう。

「可愛い恋桃は僕だけが知ってればいい。他の男になんかぜったい見せたくない」

　そんな特別みたいな言い方するのずるい……。

　歩璃くんの気持ち全然わかんない。

　どんなに甘いこと言われても、ちゃんと気持ち伝えてくれなきゃ不安で胸がいっぱいになる。

「歩璃くんずるい……っ」

「……どうして？」

「こんな甘いことされたらわたし勘違いしちゃう……っ」

　わたしが歩璃くんを想ってるように、歩璃くんもわたしと同じ気持ちでいてくれてるかもって。

　だけど、歩璃くんの口からは一度だって "好き" って2文字を聞いたことない。

「歩璃くんの気持ち……全然わかんない」

「…………」

　黙ったまま何も言ってくれない。

　どんなに甘いこと言われたって、大切にされたって。

　好きかどうかわからないままじゃ、不安な気持ちが勝ってしまうのも事実で。

「言ってくれなきゃわかんないよ……」

　歩璃くんの切なげに歪んだ表情が見えた瞬間……何かを
隠して誤魔化すようなキスが落ちてきた。

　さっきまでのキスとちょっと違う。

　甘さよりも、切なさともどかしさをぶつけるようなキス
が繰り返されて。

　このときのわたしは、歩璃くんがずっと心に抱えていた
ものを……何も知らなかった。

欠けていた歩璃くんとの思い出。

「……ももさま」

「…………」

「恋桃様？」

「……あっ」

　今日は土曜日で、時間があるので綾咲さんのお手伝いをしてたんだけど。

　ボーッとしてて、花壇のお花に水をやりすぎていた。

「ご、ごめんなさい……！」

「いえ、大丈夫ですよ。あちらの花壇もお願いしてもいいですか？」

「は、はい！　すぐにやります！」

　はぁ……ダメだなぁ。

　ここ数日、何をやってもうまくいかないな……。

「歩璃様と何かありましたか？」

「い、いえ！　とくに何もないです！」

　この前からちょっとだけ歩璃くんとの間に気まずい空気が流れてる。

「歩璃様も最近少し元気がないようなので恋桃様と何かあったのかと心配しております」

「そ、そう……ですか」

「恋桃様がそばにいらっしゃらないときは、ずっと何か考え事をされているようで。歩璃様が悩むことといえば恋桃

様のことが真っ先に浮かびます」

　歩璃くんは何をそんなに悩んでるんだろう。

　聞いても教えてくれないだろうし。

　でも、歩璃くんがわたしに言えない何かを隠してるのはほんとのことで。

「少々お節介かもしれませんが、歩璃様はいつも恋桃様のことだけを考えていますので、恋桃様が何か思っていることがあるようでしたら歩璃様に伝えてみるといいかもしれません」

　綾咲さんはそう言うけど、なかなかうまくいかないから難しい。

＊　＊　＊

　そんなある日。

　歩璃くんがお屋敷を空けることが急きょ決まった。

　明日の早朝から県外に用事があるみたいで帰ってくるのは３日後。

　いつもならぜったい「僕は恋桃と離れるの寂しいのに」とか言って甘えてくるのに。

　黙り込んじゃって、ひとりで明日の準備を進めてる。

　その日の夜は歩璃くんが遅い時間まで準備をしてたから、わたしが先にベッドに入ることに。

　そして、朝起きたらもうすでに歩璃くんはお屋敷を出たあとだった。

　３日間離れちゃうのに、あんまり会話できなかった。

　ケンカしたわけじゃないのに、なんで溝ができちゃったんだろう。

＊　＊　＊

「恋桃ちゃん、また明日ね？」

「…………」

「恋桃ちゃん？」

「あっ、うんっ！　また明日ね！」

　はっ……気づいたら放課後になってる。

　湖依ちゃんが話しかけてくれるまで気づかなかった。

「恋桃ちゃん、どうかしたのかな。今日ずっとボーッとしてたような気がするよ？　もしかして体調良くない？」

「ううん！　そんなことないよ！　すっごく元気!!」

　ダメだなぁ……。

　歩璃くんとちょっとギクシャクしたくらいで、こんな落ち込んじゃうなんて。

「そ、そっか。今日は朱桃くんのところ行かないの？」

「今日歩璃くんお休みなの！　しばらくお屋敷にも帰ってこなくて」

「えっ、そうなの？　それじゃあ恋桃ちゃんはお屋敷でひとりになっちゃうのかな」

「そうだね！　でもお屋敷にはメイドさんも執事さんもいるから全然平気！」

「そうなんだね。わたしのいる寮に恋桃ちゃんが泊まれた
らいいのになぁ」

　湖依ちゃんは学園内にある青凪くん専用の寮で生活して
るから。

「湖依ちゃんとお泊まりできたら楽しそう！」

「末紘くんに頼んでみようかな」

　できることならそうしたいけど。

　青凪くんぜったい許してくれなさそう。

　俺と湖依の世界には誰も踏み込んでこないでとか思って
そうだもん。

　そこにわたしが入っていったら大変なことになるん
じゃ。

「もし泊まりに行ったらわたし一生青凪くんに恨まれちゃ
うよ」

「えぇっ？　末紘くんなんとも思わないんじゃないかなぁ」

「いやいや、湖依ちゃんとの時間を奪ったら青凪くん黙っ
てないよ！」

　これだから湖依ちゃんの天然には困ったものだよ。

　青凪くんに溺愛されてるの自覚してないんだもん。

　湖依ちゃんとのお泊まりは諦めて、迎えの車でお屋敷に
帰ってきた。

　いつもどおりメイド服に着替えて部屋の掃除を軽くした
ら、やることがなくなっちゃった。

　今日は晩ごはんは用意しなくてもいいし、食器も朝ぜん
ぶ洗っちゃったし。

　何かしてるほうが気が紛れるかなと思って、お屋敷の人にお手伝いすることあるか聞いてみても。
「恋桃様は本日学園での授業でお疲れかと思いますのでお気遣いなく」
　このとおり、ものすごく気を使ってもらって仕事はもらえず。
　いつもどおりの過ごし方をしてるのに、時間の経過が遅く感じる。
　ひとりでいる時間ってこんなに長く感じるものだっけ？
　何も変わらない、いつもの生活が送れているのに。
　歩璃くんがいないだけで物足りない……寂しい。
　自然と会いたいなって気持ちになってくる。
　初日からこんな調子じゃひとりで平気なわけない。

　　　　　　　　＊　＊　＊

　それから３日間が過ぎるのがすごく長く感じた。
　そしてやっと歩璃くんが帰ってくる予定の時間に。
　綾咲さんに頼まれていたお屋敷全体の掃除をすませて、部屋に戻ろうとしたとき。
　ふらっと立ち寄ってしまった……わたしが立ち入ることができない奥の書斎。
　歩璃くんと出会った日以来、この部屋には入ってない。
　入るのはダメって言われてるから、今までずっと中に入らないようにしていたけど。

　なんでか今この部屋が気になる。

　誰にも見つからないように、こっそり部屋の扉を開けて中に入ってしまった。

　前に入ったときと、中はそんな変わってないような気がする。

　でも窓のそばに、前にはなかったロッキングチェアが置いてある。

　そのそばの棚に並んでる分厚いアルバム。

　背表紙に書いてある日付は、今から約10年以上も前のもの。

　これだけ古いのに、ほこりひとつかぶっていなくて、とても綺麗な状態で保管されてる。

　たくさん並んでいる中で、何気なく1冊を手に取ってめくってみると。

「あっ……歩璃くんの小さい頃の写真だ」

　小学校に入る前くらいの歩璃くんの写真が何枚も貼られてる。

　ここは小さい頃の歩璃くんの思い出がしまってある大切な場所なのかな。

「小さい歩璃くん可愛いなぁ」

　面影すごく残ってる。

　小さい頃から歩璃くんはすでに完璧にできあがっていて王子様みたい。

　歩璃くんはあんまり写真を撮られるのが好きじゃないのか、どの写真もほとんど同じような顔で写ってる。

笑顔が少ない写真ばかり。

歩璃くんらしいといえばらしいかもだけど。

アルバムをめくる手を止めずに、次のページをめくると。

「え……っ？」

歩璃くんと一緒に写る……ひとりの小さな女の子。

驚いて何度もまばたきして、その写真をじっと見る。

見間違えるわけない。

だって歩璃くんの隣に写ってるのは——。

「なんで……わたしと歩璃くんが一緒に写ってるの……？」

紛れもなく、小さな頃のわたしだった。

それに写真は1枚だけじゃない、何枚もある。

歩璃くんのお屋敷で撮られたものや、わたしだけが写ってるものがたくさんある。

「あ……ここ……お母さんのお墓の近くのところ……？」

歩璃くんと一緒にお母さんのお墓参りに行ったとき、偶然見つけたシロツメクサがたくさん咲いてる場所。

ここで撮られた写真が何枚もある。

日付違いのものが何枚もあるから、何度かこの場所にわたしは行ってたんだ。

でも、なんでわたしは何も覚えてないの……？

思い出そうとすると、それを拒絶するように頭が割れそうなくらい痛くなる。

でも、アルバムを見てると懐かしい気持ちになって、自分の中でずっと眠っていた何か大切なものを思い出せそうな気がする。

「う……っ……いた……」

　頭痛がだんだんひどくなってきて、目の前がゆらゆら揺れてぼやけはじめてる。

　アルバムから手を離しそうになった瞬間、１枚のしおりのようなものが落ちてきた。

　あっ……これ……わたしが作ったやつだ。

　四つ葉のクローバーを探して、やっと見つけることができて。

　それを押し花にして……好きだった男の子にプレゼントした思い出。

　頭の中で記憶がサーッと流れていく。

『わぁ、シロツメクサの指輪！　かわいいねっ！』

『この前、押し花くれたお返し』

『えへへっ、うれしいっ』

　またこの記憶……。

　思い出しかけてるのに、いつも相手の男の子の顔だけが思い出せなくて。

『こももちゃん知ってる？　左手の薬指にする指輪は結婚する人同士がするものだって』

『そうなんだっ！　じゃあ、将来わたしのことお嫁さんにしてくれるっ？』

『うん、もちろん』

『じゃあ、約束ねっ！　指切りげんまん！』

　サーッと流れる記憶と一緒に、一瞬パッと男の子の顔が鮮明に映った。

『あゆりくん、だいすきっ！』

『僕もだいすきだよ』

　あぁ……そうだ──ぜんぶ思い出した。

　わたしにとって歩璃くんは……初恋の男の子だ。

　どうしてこんなに大切な男の子を忘れちゃったの……？

　意識がどんどん遠ざかって……それにさっきから頭の痛みがひどくなってる。

　鈍い痛みから、ガンガン響くような痛みに襲われて──目の前がぜんぶ真っ暗になった。

$$* \quad * \quad *$$

　真っ暗の中、誰かがわたしのこと呼んでる。

　せっかく歩璃くんのこと思い出したから、忘れないうちに歩璃くんに伝えたいのに。

　思い出したことが少しずつ薄れて消えちゃいそう。

　手に温もりを感じて……少しの力で握ると、ちゃんと握り返してくれる。

「ん……」

　ゆっくり目を開けると。

「恋桃……！」

「……あゆり、くん……？」

　とっても心配した様子の歩璃くんが視界に映った。

「よかった……目が覚めてほんとによかった」

　つながれてる手は少し震えていて、安堵の表情を浮かべ

てる。

　ここ歩璃くんの部屋のベッドの上……？

「わたしなんでここに……？」

「僕が屋敷に帰ってきてから恋桃の姿が見当たらなかったから。屋敷の中どこ探してもいないし、ものすごく心配した……」

　歩璃くんやお屋敷の人たちみんなで探してくれて、見つかったときわたしは床に倒れていたらしい。

　そのあとすぐにお医者さんを呼んで診てもらったそう。

「入っちゃダメって言われてたのに、あの部屋に入っちゃってごめんなさい……っ」

「いいよ、謝らなくて。僕も今までずっと何も話せなくて隠すようなことしたから。恋桃に謝らなきゃいけないのは僕のほう」

　わたしと歩璃くんは小さい頃に出会っていたのに。

　わたしの記憶から歩璃くんが消えてしまった理由。

「今から僕が話すことは恋桃にとってつらくて悲しいことかもしれないから。聞くのが嫌になったら耳塞いで」

　わたしが知らない、歩璃くんがずっと抱えていたこと。

「恋桃はお母さんを事故で亡くしたと同時に、そのショックでお母さんとの思い出のなかでも深い記憶だけがなくなったんだよ」

　お母さんとの思い出の場所や、思い出のもの。

　お母さんが深くかかわっている記憶——とくにお母さんが好きだったシロツメクサ。

248

　これにかかわるすべての記憶がなくなったらしい。

　だから、思い出のシロツメクサの場所で出会った歩璃く
んのこともぜんぶ忘れてしまった。

　すべての記憶を失ったわけじゃなくてほんの一部の記憶
だけがなくなって、お医者さんに診てもらったけど詳しい
原因はわからないまま。

「ほんの少し前まで笑顔で僕の名前を呼んでくれてた恋桃
が、いきなり僕のこと忘れてお母さんを亡くした悲しさで
笑顔まで失って。そんな恋桃を見たら胸が苦しくて何も言
葉にできなかったのを今でも覚えてる」

「ご、ごめんなさい……。わたし知らない間に歩璃くんの
ことたくさん傷つけちゃってる……っ」

「恋桃は何も悪くないよ。だいすきなお母さんを突然事故
で亡くしたことを受け止めるのも難しかっただろうから」

　当時わたしが歩璃くんとよく遊んでいたから、わたしの
お父さんが事情を歩璃くんに話したそう。

「だから僕との思い出をぜんぶ忘れても仕方ないって自分
に言い聞かせた。無理に思い出させるようなことをするの
はよくないって恋桃のお父さんに言われたから」

「っ……」

「それに、その頃の僕はまだ子どもで恋桃を守ることはで
きなかった。だから僕がもっと成長してから、あらためて
恋桃のそばで思い出を作っていきたいと思った。恋桃をひ
とりにさせないように、寂しい思いをぜったいさせないよ
うに……僕が恋桃のことを守るんだって」

　歩璃くんは、ずっとずっと……一途にこんなにわたしの
ことを想ってくれていたんだ。
「たとえ恋桃の記憶が戻らなくても……今この瞬間を一緒
に過ごせたら僕はそれでいいと思ってた」
「ずっとわたしのこと好きでいてくれたの……っ？」
「そうだよ。今まで恋桃のこと忘れた日なんかなかった。
今もこの気持ちは変わらない。僕がずっと想い続けてるの
は恋桃だけだよ」
　もしわたしが歩璃くんの立場だったら耐えられない。
　好きだった人が自分のことを忘れてしまうなんて。
　でも、相手にそれを伝えることもできなくて、自分の胸
の中にしまっておくことしかできないなんて。
「恋桃をメイドにしたのも、僕が恋桃のお父さんに頼んで
無茶を聞いてもらったから」
　突然歩璃くんの家でメイドになってほしいって言われた
ときは、お父さんが何を考えてるかわからなかったけど。
　歩璃くんがお父さんにお願いしたことだったんだ。
　歩璃くんの家でメイドとして働くって言われたあの日、
お父さんがわたしのためでもあるって言ってたのは、こう
いうことだったんだ。
　わたしがゆっくり自然に、大切な記憶を取り戻せるよう
にって……。
　あの部屋に入るのを禁止していたのも、わたしが失った
記憶に関するものが置いてあったから。
　何かの拍子に思い出す可能性もあるかもしれないけど、

思い出すときわたしに大きな負担がかかるかもしれないっていうのと、受け止められるかっていうリスクもあるって言われたそう。

「久しぶりに恋桃と再会して恋桃が僕の運命の番だってわかった瞬間、もうぜったい離さないって決めた」

　もう充分すぎるくらい歩璃くんの想いがたくさん伝わって、胸がいっぱい。

　幼い頃に芽生えた小さな恋は、運命に導かれてちゃんと残っていた。

「あらためて伝えさせて。僕はずっとずっと……恋桃のことが好きだよ」

　記憶を失っても、また歩璃くんに惹かれたのは心がちゃんと通じ合っていたから。

　いつだってわたしのことをいちばんに想ってくれて、大切にしてくれて、一途にずっと想い続けてくれて。

　わたしを守ってくれる優しいヒーローみたいな男の子は歩璃くんだけ。

「わたしも……歩璃くんのことだいすき……っ」

　歩璃くんの真っ直ぐさも優しさも甘さも……ぜんぶわたしが独占したいって思ってる時点で、わたしはもう歩璃くんのこと好きになってたんだ。

　運命の番だからじゃなくて、そんなのぜんぶ抜きにしても……心から歩璃くんのこと好きになったって今ならすごくわかるの。

「ずっとわたしのこと想い続けてくれてありがとう……っ」

　歩璃くんにギュッて抱きついたら、もっともっと強く優しく抱きしめ返してくれる。

　この歩璃くんの温もりがだいすき。

「僕が一生かけて大切にしたいと思える子は生涯でたったひとり——恋桃だけだよ」

　心から好きになった相手と結ばれるって、こんなにも幸せなことなんだ。

「うぅ……わたしも歩璃くんのことこれからずっと大切にする……っ」

　今までずっと想い続けてもらった分、今度はわたしが歩璃くんを幸せにしたいって心から思えるくらい、歩璃くんのことすごくだいすき。

「その言葉忘れないでね。それと——今よりもっと僕に愛される覚悟してね」

　甘い言葉と一緒に甘いキスが落ちてきた。

求めたがりな歩璃くん。

　歩璃くんと想いが通じ合って数日。

　彼氏になった歩璃くんは前よりもっともっと、お砂糖みたいにとびきり甘くなってる。

　朝起きるときも、甘えてばかりで全然起きてくれないの。

「歩璃くん、朝だよ起きて！」

「……ん、おはよ」

「ま、また起きたらすぐキスする……っ」

「だって恋桃が僕の彼女になってくれたのがうれしいから」

　朝から心臓ギュンギュン。

　歩璃くんわたしの心臓止めにきてる……！

　今もわたしの胸に顔を埋めてギュッてしてる。

「どんだけ甘えても足りない」

　うぅ……甘えてる歩璃くん可愛すぎるよぉ……。

　でもでも、こんなことしてたら遅刻しちゃうから。

「起きるの遅いと綾咲さんきちゃうよ……！」

　抱きついてくる歩璃くんを離そうとしても、びくともしない。

「いいじゃん、綾咲に見せつける？」

「んなっ、ぜったいダメ！」

「いっそのこと、この部屋に僕たち以外誰も入れないようにするのもいいね？」

「へ……な、なんの冗談——」

「僕が冗談言うように見える？」

　やっぱり歩璃くんは頭のネジがどこかに飛んでいっちゃったようなこと平気で言うから。

「可愛い恋桃を僕だけがたっぷり独占できちゃうね」

「し、しちゃダメ……っ」

「なんでダメなの？　僕こんなに恋桃のことだいすきで愛おしくて仕方ないのに」

　わたしの両頬に触れて、数秒じっと見つめたあとほんの少し触れるキスをして。

「恋桃も僕のこと独占できるよ？」

　クスクス笑って、さっきまでの眠そうな歩璃くんはどこへやら。

　わたしにイジワルなこと言うときは、すごく生き生きしてるの。

「僕が他の子に取られてもいいの？」

「そ、そんなのやだ……っ」

「へぇ、嫌なの？」

「わかってるのになんで言わせるの」

「言わせたいんだよ。可愛い恋桃が僕のこと求めてくれるのめちゃくちゃ興奮するでしょ」

「い、意味わかんない……っ！」

　ほらほら歩璃くんの頭のネジがだいぶ大変なことになってるよ。

「僕は一生恋桃とふたりで過ごせる世界があればそれだけで満足だよ。いっそのこと僕たち以外なんて誰もいない世

界になればいいのにね」

「それじゃ地球が滅亡しちゃうよ！」

「僕は恋桃がいれば充分。地球とかどうでもいいよ」

「よくないよ!?」

　歩璃くんのことだから、冗談に聞こえそうなことも案外本気で思ってそうだからとっても危険。

＊　＊　＊

　学園でも歩璃くんの暴走は止まることなく。

「歩璃くん！　ここ教室の前だから!!」

　お昼休み、いつものように教室に歩璃くんを迎えに行ったらすぐにでもキスしてきちゃいそうな勢い。

「別にいいでしょ。誰も見てないって」

「よくないよ！　こんなところで抱きついてたら邪魔だろうし！」

「はぁ……それならいっそのこと学園の生徒僕と恋桃だけにする？」

「は、はい？」

「僕理事長の息子だもんね」

「変なふうに権限使っちゃダメだよ!?」

「こういうときに使うものでしょ」

　もう歩璃くんの暴走は誰にも止められないんじゃ。

　お昼を食べ終わってからは、いつも決まってわたしの膝の上でお昼寝。

「恋桃の太ももやわらかいからきもちいいね」

「むっ……それ太ってるって言いたいの？」

「ううん、違う。ほどよい感じがいいよねって」

　太ももの上で動かれると、ちょっとくすぐったい。

「あ、あんまり動いちゃダメ」

「なんで？」

「なんかくすぐったいの」

「感じちゃうんじゃなくて？」

「うっ、違うもん」

「でも恋桃は太もも触られるの好きでしょ」

「へ……？」

「いつも可愛い声で感じてるくせに」

「っ……！」

　イジワルなこと言って、スカートの中に手を入れて大きく撫でてくる。

「や……っ」

「ほらすごい反応してる」

「し、してな……」

「そんなこと言ってられるの今のうちでしょ？　今からもっときもちいいことしよっか」

「ひっ……歩璃くん待って……！　もうすぐお昼休み終わる時間が──」

「そんなこと気にしてる余裕あるならさ。今は僕のことだけ考えて僕の熱だけ感じてよ」

＊　＊　＊

「ねぇ、恋桃」

「ふんっ。もう歩璃くんなんて知らない！」

「そんな可愛い顔して怒ってないで僕の相手してよ」

　お屋敷に帰ってきてから、わたしはプンプン怒ってる。

「歩璃くんお昼休み暴走しすぎだもん！」

「恋桃が可愛すぎるからでしょ。その可愛さどうにかして
から言いなよ」

　わたしまだメイドの仕事あるし。

　ささっとメイド服に着替えて歩璃くんのことは無視して
仕事しよ。

　部屋の掃除をして、ベッドのシーツを交換して。

　歩璃くんは不満そうにじっと目で訴えてきてる。

「ねー、恋桃。そろそろ僕のこと構ってよ」

「今そんな時間ないもん」

「はぁ？　僕より優先することなんて何もないでしょ」

「晩ごはん作るのが最優先だもん」

「へー。僕はごはん以下ってこと？」

「そういうことじゃなくて！　歩璃くんお腹すいたで
しょ！」

「うん、すいた。だから恋桃をちょうだい」

「わたし美味しくないよ」

「甘くてクセになるから僕は好き」

　ちょっと会話が成り立ってないような。

258

「いいじゃん、今日は他の人に頼んだら」
「それじゃ迷惑かかっちゃうよ。それにわたし雇ってもらっ
てる身だし」
　歩璃くんと恋人同士になったからって、わたしがメイド
としてお屋敷で働くのは変わってないわけだし。
「それを迷惑だって言うやつがいたら即刻クビにするから
いいよ」
　よくないよくない!!
　歩璃くんの悪いところ出てるよ!
「恋桃はおとなしく僕の言うこと聞きなよ」
「うぅ……」
「ご主人様の僕をもっと満足させてよ」
　歩璃くんお決まりのセリフ。
　こうやって言えば、わたしがぜったい逆らえないのわ
かってて言ってる。
「ベッドで愉しいことしよっか」
　この危険な誘惑からは、ぜったい逃げられないの。
　寝室の扉が閉まって、歩璃くんがベッドのほうへ。
「もっと僕のそばにきて」
「きゃっ……」
　急に手を引かれたからベッドに片膝をついて、少し上か
ら歩璃くんを見下ろすような体勢。
「メイド服で迫られるのたまんないね」
「うっ……や、離して」
「ほらこんな簡単にリボンほどけるし」

　ほどかれたリボンがひらひらと落ちていく。

「どうせならもっと脱がしやすいメイド服欲しいなぁ」

　フッと笑いながら、わたしの首筋のあたりを指先でなぞってくる。

「首のところ……たくさん紅い痕残したくなる」

　さらに抱き寄せられて、首のところに歩璃くんのやわらかい唇があてられて。

「僕が満足するまでじっとしてて」

「ぅ……」

　慣らすように舌で軽く肌を舐めて、強く吸い付いて。

　少しだけチクッと痛い。

　肌に直接歩璃くんの熱を感じるだけで、身体の内側がうずき始めちゃう。

　歩璃くんの肩に置いてる手にも力が入る。

「もう離して……っ」

「やだ。まだ全然足りないし」

　歩璃くんに触れられたら、身体の熱があがるのはほんとに簡単。

　熱を逃がしたいのに、与えられる刺激が強くて身体は火照るばかり。

「恋桃は肌が白いから痕が綺麗に残るね」

　頭がボーッとして少しクラクラする。

　歩璃くんの声も、ぼんやりしか聞こえない。

「そんなきもちよさそうな顔して。……ほんと恋桃は可愛いね」

　触れられたところぜんぶ熱くて、じっとしてられない。
「唇にもしてほしくなった？」
「っ……」
「身体すごく火照ってるもんね。……発情した？」
　わかってるのに聞いてくる歩璃くんはずるい。
　ぼんやり瞳に映る歩璃くんは、すごく愉しそうな顔して
笑ってる。
「発情した恋桃の身体にもっと刺激与えたらどうなるか
な？」
「やだ……そんなイジワルしないで」
「恋桃が恥ずかしがって抵抗してるのもっと見せて」
「あ、歩璃くんの変態……っ！」
「なんとでも言いなよ。でもそんな僕に攻められて感じて
るのは恋桃でしょ？」
「ぅ……」
「どうされるのがきもちいいのか教えて」
　やわらかい感触が唇に落ちてきて、全身がドクッと震え
て……目の前がふわふわする。
　熱が引かなくて、もどかしくて苦しい。
「……キスしてあげたのに治まらないね。もっと欲しい？」
　ほんとならキスで発情は治まるはずなのに。
　歩璃くんのキスが甘すぎて、さらに気持ちが高ぶるせい
で全然治まらない。
「キスだけじゃ足りない？　こっちもしてあげよっか」
　ワンピースの中にうまく手を入れて、太ももの内側を大

きく撫でるように触れて。

「ここ弱いでしょ？」

「ま、まって……強くしないで……っ」

　絶妙な力加減で触れられて、じわじわ熱が広がっていく。

「ほんとは好きだもんね。ここ撫でられるの」

「好きじゃ……ないっ」

「身体はこんな素直に反応してるのに？」

「っ……」

「恋桃がどこ触られたら可愛い声出してくれるとか……

知ってるの僕だけだもんね」

「もう、やぁ……っ」

「……ほんと可愛い。もっともっと可愛い恋桃見せて」

　触れながら深くキスされて、甘い熱にクラクラする。

　でも歩璃くんは、ちっとも手加減してくれない。

「ぅ……もう苦しい……」

「じゃあ口あけて」

「や……だ……っ」

「どうして？」

「だって、口あけちゃうともっと甘いのするから……っ」

「あぁ……それってキスがきもちよすぎるから嫌ってこ

と？」

「っ……ち、ちが……」

「じゃあいいよね。ほらキスに集中しなよ」

「んん……っ」

　口をこじあけられてグッと舌が入りこんで、口の中をか

き乱してくる。

　やっぱりこのキスはダメ……っ。

　触れるだけのキスよりも、さらに刺激が強くて耐えられない。

「きもちよさそうだね」

「ふ……っ、ぁ」

　熱が一気にあがって、深いキスにグラッと堕ちそうになる瞬間──熱がパッとはじけた。

「はぁ……ぅ……っ」

　全身の力が抜けて歩璃くんにぜんぶをあずけて。

　これでおわりかと思いきや。

「ねぇ、恋桃。僕はまだ満足してないよ？」

「へ……っ？」

「恋桃も僕に痕残して」

　歩璃くんが自ら襟元を引っ張って、首元から鎖骨のあたりを見せてくる。

「ま、まってまって……！　目のやり場に困っちゃう」

「これくらい平気でしょ。僕の裸見慣れてるくせに」

「な、なななっ……！　見慣れてないし、そんなに見たことないし……！」

　わたしの反応なんてお構いなし。

　ちょっと強引に歩璃くんの首元に唇をもっていかれて、ピタッと肌に触れるけど。

「さっき僕がやったみたいにして」

「ぅ……むり……っ」

　肌に唇が触れてるだけ。
　ここから先どうしたらいいかわかんない。
「それくらいじゃ痕残んないよ」
「だ、だってやり方知らないもん」
「ほら、少し強く吸って。噛んでもいいよ」
「っ……ぅ」
　さっきのキスで力が抜けきってるせいで、身体がうまく
言うことを聞いてくれない。
　歩璃くんに言われたとおり、ちょっとだけ吸ってみるけ
どこんなので痕残るの？
「もっと強くしてみて」
「加減わかんないよ……っ」
「そんなこと気にしなくていいから」
「で、でも……」
「むしろ恋桃に強く噛まれてみたい」
「っ……!?」
　い、今の発言かなり問題ありなんじゃ……!?
「早くしないと僕が我慢できなくなるよ？」
　よくわかんないまま、さっきより少し強く吸っても音が
チュッて鳴るだけで。
　肌が薄っすら赤くなったけど、これじゃすぐに消えちゃ
いそう。
　歩璃くんがいつもわたしにつけるのはなんであんな真っ
赤に綺麗に残るの？
「やっ、まって……なんで邪魔するの……っ」

「手空いててつまんないし」

　言われたとおりにしてるのに、待ちきれない歩璃くんが
イジワルに触れてきてる。

　さっきのキスでやっと発情治まったのに。

　こんなふうに触れられたら、また身体が熱くなっちゃう。

「恋桃が焦らすのが悪いんでしょ」

「焦らしてな……ひゃっ」

「そんな可愛い声出してないでさ。僕の欲求ちゃんと満た
してよ」

　一度危険なスイッチが入った歩璃くんは、満足するまで
ぜったい止まってくれない。

第 5 章

保健室で甘いこと。

　毎日すっかり寒くなって、外に出るときはマフラーが欠かせない季節になってきた。

　休み時間いきなり届いた歩璃くんからのメッセージにびっくり。

「うぇ!?　これどういうこと!?」

　メッセージの内容が【いま死にそう】だけ。

　こんなメッセージ送られてきたら目飛び出ちゃうよ!

　心臓ヒュンッてなったし。

　続けて送られてきたのが【保健室】だけ。

　これは今すぐ保健室に来てほしいってこと?

　今朝そんなに体調悪そうには見えなかったけど。

　とりあえず様子が心配だから保健室に行くことに。

　保健室のいちばん奥のベッドだけカーテンが閉まってるから開けてみると。

「あ、やっと来たね。遅くない?」

　体調悪いどころか、ベッドにドーンッと座って元気にピンピンしてる歩璃くんを発見。

「あのメッセージなに!?」

「死にそうだから送った」

「どこが!?　すごく元気そうに見えるよ!?」

「僕のこと心配して来てくれたんじゃないの?」

「し、してたよ!　いきなりあんなメッセージ届いたら何

ごとかと思うじゃん！」

「僕にとってはかなり大変なことなんだよね」

「何が大変なの？」

「ちゃんと話したいからもっとこっちきて」

　仕切られてるカーテンをサッと閉めて、歩璃くんが座ってるベッドのほうへ。

　手を伸ばしたら触れられる距離まで近づくと。

「はい、恋桃ちゃん捕獲」

「ほ、捕獲!?　わたしイノシシじゃないよ!?」

　それに恋桃ちゃんって呼び方なに!?

「相変わらず恋桃は頭弱いね。そんなとこも可愛いけど」

「むっ、頭弱いは失礼だよ！」

　あっという間に歩璃くんの腕の中。

　後ろからギュッてされたまま身動きが取れなくなっちゃった。

「うっ……ここ学校なのに」

「誰もいないからいいでしょ」

「よ、よくなぁい！」

「だって僕が恋桃に触れたくて死にそうなんだから」

「ま、まさかあんなメッセージ送ってきたのはそれが理由!?」

「もちろん。あれくらいしないと恋桃は僕に会いに来てくれないでしょ？」

「嘘はよくないよ！　てっきり調子悪くて何かあったのかなって心配したのに！」

　普段から自分の体調の変化に気づけない歩璃くんが、あんなメッセージを送ってくるなんて、よっぽどのことなのかなって。

「んじゃ、僕のことたくさん癒してよ」

「癒すって？」

「今からきもちいいことしよ？」

　後ろからなのに、器用に制服のリボンをシュルッとほどいてブラウスのボタンにまで指をかけてる。

「ここ保健室だよ……っ。誰か来たらどうするの？」

「鍵かけてくる？」

「そんなことしたら怒られちゃうよ！」

「んー……でもいま抑えるの無理。恋桃がこんなそばにいるのに触るのダメとか拷問でしょ」

「うっ、でも……」

「じゃあ、そんなこと気にしてられる余裕なくせばいいの？」

「へ……」

「たっぷりキスして……僕のことしか考えられないようにしてあげる」

　顎をクイッとつかまれて、少し後ろを向かされて簡単に唇が重なる。

　歩璃くんのキスは最初は軽く触れるだけ。

　それから少しずつ唇を動かして、上唇をやわく噛んだり唇をチュッと吸ったり。

　慣れてきたら唇にまんべんなくキスして、もっと深く唇

をグッと押しつけてくる。

「もうそろそろ苦しい？」

「ん……っ」

　息が苦しくなるタイミングもぜんぶお見通しで、誘うようにゆっくり口をあけさせようとしてくるの。

「ほんとに……これ以上はダメ……っ」

　顔を少し横にずらして、残ってる理性でなんとか抵抗するけど。

「ダメじゃないでしょ。身体こんな熱くて敏感になってるのに」

「それは……っ、歩璃くんがキスする……から」

「恋桃の身体が感じやすいからじゃなくて？」

「うぅ……っ」

「もっときもちよくなりたいでしょ」

　キスしながら大きな手が頬を撫でたり、指先で耳たぶに触れてきたり。

　与えられる刺激がどんどん強くなって、身体の熱もあがっていっちゃう。

「あゆり、くん……っ」

「そんな可愛い声で煽る恋桃も悪いよ」

　甘い熱に流されそうになる寸前——。

　少し遠くから扉がガラッと開く音がして。

「朱桃くん気分はどう？」

　ひっ……うそ。この声は養護教諭の中野先生だ。

　こんなところ見られたら大変なことになっちゃう……！

なんとか声を出さないようにしないと。

「んー、さっきよりは少しマシになりました」

「そう。それじゃあ、まだベッドで休んでるといいわ。何かあったらいつでも呼んでちょうだいね」

「はーい、ありがとうございます」

この状況がバレちゃわないか内心ヒヤヒヤ。

心臓もすごくバクバク鳴ってる。

「……邪魔入ったね」

小声で耳元で話されて、これだけでも息がかかってくすぐったい。

さすがの歩璃くんも、これで止まってくれると思いきや。

「ひゃ……っ、なに……っ？」

「何ってさっきの続きしよ」

うそそ……こんな状況なのに……っ。

歩璃くんに触れられたら声我慢できないよ。

「あ、歩璃くんストップ……っ」

こっちは極力声を抑えて話してるのに、全然刺激を止めてくれない。

「なんか声抑えてこんなことするの興奮しちゃうよね」

「ふ……へ」

「それにさ……バレないように我慢してるほうが恋桃の身体も感じやすくなってない？」

耳元にキスを落として、耳たぶを甘噛みして。

空いてる手がブラウスの中に入り込んで、肌を撫でるように触れてる。

「恋桃も好きなんじゃない？　こうやって隠れてするの」

「っ、そんなこと……」

「ほんとに？　さっきよりもほら……感度いいよ？」

「ぅ……やぁ……っ」

「そんな声出したら聞こえるよ？」

「ん……っ」

「ほら我慢しないと」

「ひゃぁ……ん」

　歩璃くんが弱いところばっかり攻めてくるせいで声が抑えられない……っ。

　歩璃くんの大きな手がわたしの口元を覆って、呼吸がちょっと荒くなっちゃう。

「声我慢できてないね」

「ふ……ぅ……」

「きもちよさのほうが勝っちゃう？」

　フルフル首を横に振るのが精いっぱい。

　これ以上されたら声がもっと出ちゃう。

「このまま口の中に指入れたくなるね」

　口が少しあけられて、歩璃くんの指が中に入ってくる寸前──。

「朱桃くん、ごめんなさいね。わたし今から少しだけ保健室を出ないといけなくなったから。ひとりで大丈夫かしら？　30分くらいで戻る予定なんだけれど」

　カーテン越しに中野先生の声が聞こえて、また心臓がバクバク鳴ってる。

「大丈夫ですよ。僕それまで寝てるんで」

「そう。それじゃあ、ひとりにしてごめんなさいね。体調が良くなったら教室に戻るようにしてね？」

「りょーかいです」

　少ししてから扉の音がして、中野先生がここを出ていったのがわかった。

「ふは……っ。よかったぁ……バレなくて」

　ホッと安心したのもつかの間。

「中野先生がいないうちにわたし教室に戻って──」

「こんなところで止まれると思う？」

「へ……っ」

　肩をポンッと軽く押されて身体がベッドに沈んでいく。

　真上に覆いかぶさってきた歩璃くんの瞳はとても危険。

「声我慢してる恋桃が可愛すぎて発情した」

「う、うぇ……」

「責任取ってよ恋桃ちゃん」

「うっ……その呼び方……っ」

「たまにはちゃん付けで呼ぶのもいいなぁってね」

　それから先生が戻って来るまでの30分。

　甘い歩璃くんは、まったく手加減してくれることなく。

「はぁ……あっ。キスしてるのにきもちいいから治まらないね」

「……んんっ、ぅ」

「そんな可愛い顔して。もっとされたいの？」

「ぅ……やっ……」

「いいよ。もっときもちよくしてあげるから」

　ずっとずっと痺れるような刺激を与えられて、身体が熱くなって……それがぜんぶはじけて、また熱くなっての繰り返し。

　歩璃くんに攻められ続けると、甘くて溶けちゃいそうになる。

わたしが知らない歩璃くんの想い。

　学園が冬休みに入ったある日のこと。

　いつもと変わらずお庭の掃除をしてると、1台の車がこちらに向かってきた。

　あれ、あの車どこかで見たことあるような。

　ちょうどお屋敷の入り口の前でピタッと止まって、中から出てきたのは。

「恋桃ちゃん久しぶりだねー」

「悠先輩！　お久しぶりです！」

「相変わらず元気だねー。今日歩璃は屋敷にいる？」

「はい！　あっ、よかったら案内します！」

　歩璃くんの部屋まで悠先輩を案内することに。

　歩璃くんは部屋でゆっくりしてるだろうから。

　部屋の扉を開けると。

「は……なんで悠がいるの」

　悠先輩を見るなり、歩璃くんがギョッと目を見開いてちょっと迷惑そうな顔してる。

「歩璃も久しぶりだねー。元気そうじゃん」

　悠先輩はそんなこと気にせず、呑気に歩璃くんに手を振ってる。

「ってか、僕の恋桃に気安く近づかないでよ」

「早速ヤキモチ全開だ？」

　すぐに歩璃くんがこっちに来て、わたしを悠先輩から遠

ざけるようにギュッと抱き寄せてきた。
「誰も恋桃ちゃんのこと取ったりしないって」
「悠は油断も隙もないから」
「えー、俺あんま信用されてない感じ？　俺は瑠璃乃ひと
筋だからなんも心配いらないのになぁ」
「少し前に恋桃のリボン取って煽ってきたくせに」
「あれはさ、歩璃の気持ちたしかめるためにやったことだ
もんねー、恋桃ちゃん？」
「うぇっ、わたしですか！」
「そうそう。だって恋桃ちゃんが歩璃の気持ちわかんなく
て不安だって言うからさ。俺が手助けしてあげたんだから
むしろ感謝してほしいくらいだよねー」
「リボン取られたときすごく大変だったんですよ！」
　歩璃くん鋭いからすぐ気づいちゃうし怒ってたし。
「歩璃はわかりやすいくらい独占欲強いから、俺にリボン
取られたって知ったら嫉妬のオンパレードだったの想像で
きちゃうよねー」
「悠の煽り方あからさますぎだし」
「まあ、歩璃も恋桃ちゃんもそう言わないでよ。結果的に
ふたりともうまくいったんでしょ？　俺が歩璃と恋桃ちゃ
んの恋のキューピッドになったわけだし？」
「キューピッドとか悠のキャラにあってなさすぎ」
「そう？　じゃあ、恋桃ちゃんがまだ知らない小さい頃の
歩璃の話聞かせてあげよっか。歩璃がどれだけ恋桃ちゃん
のこと好きだったかわかるエピソード俺たくさん知ってる

からね」

「えっ、そうなんですか！」

「いや話さなくていいし。ってか、悠は今後屋敷の出入り禁止にする」

「えー、そんなこと言っていいんだ？　まあ、俺も歩璃の父さんも綾咲さんもみーんな歩璃が恋桃ちゃんのこと幼い頃からだいすきだって知ってたからね」

「だから話さなくていいって」

「恋桃ちゃんに忘れられたときも、歩璃すごくショックだったのか数日寝込んじゃってさ。人前であんまり泣かない歩璃がそのときはすごく泣いてたなぁ」

　そ、そうだったんだ。

　これはわたしが知らない話だ。

「まあ、幼い頃の恋心って大きくなるにつれて消えちゃうのがほとんどじゃん？　でも歩璃の場合はずっと恋桃ちゃんのこと忘れられなくてね。恋桃ちゃんが初恋だったみたいだし？」

「……恋桃しか好きになれる子いなかったし」

　うっ……いま心臓ギュッてなった。

　それにいつも余裕そうにしてる歩璃くんがちょっと照れてる。

「それからずっと恋桃ちゃんのことだけ想い続けてさ。16歳になる年に恋桃ちゃんともう一度会いたいって、恋桃ちゃんのお父さんに必死に頼み込んでたのが懐かしいなぁ」

「それも話さなくていいし……」

「恋桃ちゃんのお父さんも理解ある人だからよかったよねー。恋桃ちゃんに無理をさせないことを条件に、歩璃の家で暮らすことまで認めてくれたわけだし」

　そういえば、わたしが歩璃くんに好きって伝えたときにそんな話を聞いたような。

「前に俺言ったじゃん？　歩璃って一途なんだよって。この話聞いたらたしかにーって思うでしょ？」

「お、思います」

「しかも再会したらふたりが運命の番だったのがすごいよねー。歩璃から聞いたとき俺もびっくりしたし」

　あれ……でもどうして小さい頃に出会っていたのに、そのときは歩璃くんが運命の番だってことわからなかったんだろう？

　気になったので聞いてみると。

「最初に出会ったときは、まだ僕たちが幼かったからじゃない？」

　運命の番と出会っていたとしても、幼すぎると本能が求めて発情することはなくて。

　幼い頃に出会っていた場合は相手が運命の番だっていうのがわからないことが多いらしい。

「ドラマみたいな話だよねー。幼い頃に惹かれ合ってたふたりが一度離れ離れになったのに、運命の番として再会するなんてさ」

「僕と恋桃の世界に入ってくるやつは誰もいないでしょ」

「たしかに誰も入れないだろうなぁ。ってか、入ってきたら歩璃が速攻で消しそうじゃん」

「そもそも僕は恋桃だけいればそれでいいし、あとはもうぜんぶどうでもいいんだよね」

「もはや目だけで人殺せそうだもんなぁ」

「それは悠にも言えることでしょ。瑠璃乃さんのことになると容赦ないし」

「俺の瑠璃乃を傷つけでもしたら、死ぬくらいの覚悟はしてもらわないとなぁ」

　やっぱり悠先輩の溺愛って、ちょっと歪んでるような気がする。

「だから悠は敵に回したくない」

「さすが歩璃は賢いねー」

「瑠璃乃さんのこと好きな男とか現れたらどうするの？」

「そんなの全力でつぶすに決まってるよね。俺から瑠璃乃を奪うなんて無謀すぎ。死にたいのかなぁって感じ」

　なかなか恐ろしいこと言ってるのに、にこにこ笑ってるのが怖いよ！

　もはや女のわたしでも、瑠璃乃さんに近づくことさえ許されないんじゃ？

　こうして話していたら綾咲さんが紅茶とお菓子を持ってきてくれて、１時間弱くらい悠先輩といろいろ話をした。

　歩璃くんは迷惑そうな反応してたけど、なんだかんだ悠先輩と話すの楽しそうだなぁ。

　歩璃くんはひとりっこだから、悠先輩がお兄ちゃん的な

存在なのかな。

「……っと、もうこんな時間かー。あんまり遅くなると瑠璃乃が寂しがるからそろそろ帰ろうかなぁ」

「瑠璃乃さんはあんま寂しがらないんじゃなかったの？」

「前はそうだったけど、今は結構俺に甘えてくれるのが可愛くて可愛くてさ。あ、最近なんてさ──」

「あー、はいはい。悠の瑠璃乃さん自慢は聞き飽きたから」

「歩璃は冷たいなぁ。まあ、何はともあれふたりの想いが通じ合ってよかったよ。歩璃は恋桃ちゃんに捨てられないように頑張るしかないよねー」

「余計なお世話だし」

「あ、そーだ。これ頂き物なんだけどよかったらあげるよ。中身チョコレートだから」

「えっ、いいんですか！ チョコレートだいすきなのでうれしいですっ!!」

「わー、そんなよろこんでくれるんだ？ じゃあ、これからも歩璃のことよろしくね。また遊びに来るから」

　悠先輩はわたしの頭を軽くポンポンして、握手までして嵐のように去っていった。

　悠先輩のお見送りをしてから、歩璃くんと部屋に戻ったんだけど。

　なぜかさっきから歩璃くんが無言を貫いてる。

　あっ、そうだ。せっかくだから、もらったチョコレート早速食べちゃおうかな。

「歩璃くんも一緒にチョコレート食べよ？」

「…………」

　え、なんで歩璃くん仏頂面してるの？

　あきらかに不機嫌そうだけど、機嫌損ねるようなことしちゃったかな。

「恋桃は僕のこと妬かすのが好きなの？」

「え、えっ??」

　はて……いったいなんのことを言ってるの？

「僕以外の男に触れさせるの許しちゃダメでしょ」

「……？」

　いきなり頭ポンポンされて。

　でもこれは撫でてるというより、髪をぐしゃぐしゃにされてるんじゃ。

「そんなにしたら髪崩れちゃうよ！」

「悠に気安く触らせた恋桃が悪いんだよ」

「えっ？　別に触られてなんて——あっ」

　もしかして、帰り際に頭ポンポンされたことに怒ってる？

「なんで悠に簡単に触らせるの」

「あれは不可抗力っていうか！　それに歩璃くんもわかってるじゃん。悠先輩が瑠璃乃さんにひと筋なの」

「それとこれとは別でしょ。僕以外の男が恋桃の髪１本でも触れるの許せないんだけど」

「そ、そんなに??」

「恋桃のこと誰にも触れさせたくない。ってか、誰の視界にも映したくない」

「それは無理があるんじゃ……」

「僕の独占欲あんまりなめないほうがいいよ」

　すると、歩璃くんがわたしが持ってるチョコレートの箱を見て。

「そんなに悠からもらったチョコレートうれしい？」

「うんっ。だって甘いの好きだもん」

「へぇ……。僕以外の男からもらったものでよろこんでるの見るとすごく腹立つね」

「え？」

「いいよ、一緒に食べよっか」

　さっきまで機嫌悪そうにしてたのに、どういう気の変わりようなんだろう？

　チョコレートの箱をスッと取りあげられて、なんでかわたしの手を引いて寝室へ。

「チョコレート食べないの？」

「食べるよ。ここで」

「なんでベッドなの？」

「恋桃がへばってもいいようにね」

　えっ、それってどういうこと？？

　頭の上にはてなマークが浮かんだまま。

　歩璃くんはチョコレートの箱を開け始めちゃってる。

「はい、まずひとつ食べて」

「んむ……」

　口にチョコレートが入れられて少しずつ溶けていく。

　これはわたしの好きなミルクチョコレートかな。

「ん、甘くて美味しいっ」

　ひとりで味わってると、急に歩璃くんがグッと顔を近づけてきて。

「僕にもちょうだい」

「へ……んんっ」

　えっ、あ……なんでキス？

　まだチョコレート食べてる途中なのに。

「ほらもっと口あけて僕にちょうだい」

「ん……ぅ」

　唇を舌先でペロッと舐めて、少しゆるんだ口元から舌が入りこんでくる。

　歩璃くんの熱がチョコレートをどんどん溶かしていっちゃう。

「あま……っ」

　一瞬唇が離れたと思ったら、またくっついて。

　チョコレートの香りがいっぱいに広がっていく。

「口の中熱いからすぐ溶けるね」

「ぅ……歩璃くんがキスするから……っ」

「今度は僕があげる」

　チョコレートをひとつ手に取って、そのまま自分の口へ。

　少ししてから、またさらっとわたしの唇を奪って。

「これはあんまり甘くないかもね」

「んっ……」

　歩璃くんの熱と一緒に溶けかかってるチョコレートが口の中に入ってきて。

　チョコレートはほんのりビターなのに、歩璃くんのキス

はすごく甘い。

「……チョコ口移しするってなんかエロいよね」

　口の端を舌でペロッと舐める仕草が色っぽくて……とっても危険。

「あ、あんまりキスするのダメ……っ」

「なんで？」

「身体熱くなって我慢できなくなる……から」

　今もキスしただけなのに、身体の内側が少し熱くてじっとしてられない。

　これ以上キスされて触れられたら、発情してもっと欲しくなっちゃう。

「じゃあ、我慢できないようにたくさんしてあげる」

「ひっ……え……っ」

「恋桃の身体にたくさん甘いことして──僕のことしか考えられないようにしてあげるから」

「歩璃くんのことしか考えてないよ……っ」

「そんなのじゃ全然足りない」

「ひっ……ちょっとまっ……んんっ」

「僕のこと妬かせたんだからそれなりに覚悟して。──バテるまでぜったい離さない」

　歩璃くんの独占欲はあなどっちゃいけない。

甘くて強い危険な刺激。

「ねぇ、恋桃。僕いますごく体調悪いみたい」

「それ昨日からずっと聞いてるよ！」

「うん。僕が体調悪かったら恋桃はバイト行かないでしょ？」

「仮病なのまるわかりすぎるよ！」

「ほんとにバイトするの？」

「歩璃くんいいよって言ってくれたじゃん！」

　お父さんの知り合いのパン屋さんでバイトの子が急きょ入院しちゃって、人が足りないのでわたしが２週間限定でバイトに入ることに。

　時間は平日の学校が終わってから夕方の６時まで。

　平日はほぼ毎日で土日はお休みにしてもらってる。

　……人が足りないっていうのは、ちょっとした嘘で。

　じつは、歩璃くんに隠してることがある。

＊　＊　＊

　さかのぼること約１ヶ月前。

「えっ、歩璃くんの誕生日もうすぐなんですか!?」

「はい。ちょうど１ヶ月後の１月27日が歩璃様のお誕生日です」

　綾咲さんと花壇の花に水やりをしていたときに、歩璃く

んの誕生日が1ヶ月後に迫っていることが発覚。

「し、知らなかったです！　プレゼントどうしましょう！」

「歩璃様は恋桃様と一緒に過ごせることがいちばんの幸せかと思いますので、無理にプレゼントは用意なさらなくてもいいかと思いますよ」

「それはダメです！　ちゃんと形に残るものをプレゼントしたいです」

　歩璃くんはこれまで言葉で表せないくらい、たくさんわたしにしてくれたから。

　わたしも少しでも歩璃くんに気持ちを返したいなって思うの。

　でも、プレゼントを選ぶ前にお金どうしよう。

　メイドの仕事でお金はもらってるけど、それで歩璃くんのプレゼントを買うのはちょっと違うような気がする。

　ちゃんと自分でバイトしたお金でプレゼントを買いたいなぁ。

　できれば歩璃くんにはサプライズにしたいし。

　でも、わたしがバイトするの歩璃くんぜったい許してくれなさそう。

　「恋桃は僕のメイドとして働いてるんだからバイトする理由ないでしょ」ってスパッと言われる予感。

　――で、悩んだ結果。

　冬休み中に実家に帰ることがあったのでお父さんに相談したら、お父さんの知り合いの人がやってるパン屋さんをバイト先として紹介してくれた。

　夫婦で経営してるんだけど、ちょうど2週間奥さんが実家に帰る予定があって、人手不足で困ってたんだって。

　働くのは冬休みが明けてからの2週間で、平日限定。

　歩璃くんにはバイトをするほんとの理由は隠して、わたしが代わりに入ってほしいって頼まれたことにした。

　歩璃くんもわたしのお父さんの頼みだから渋々了承してくれた。

　……はずなんだけど。

　早速今日からバイトに行かなきゃいけないのに、歩璃くんが最後の反抗を見せてる。

「2週間も恋桃が僕のそばから離れるなんて信じられないんだけど」

「ずっといないわけじゃないよ？」

「いや、僕にとっては大ダメージだよね」

「歩璃くん大げさだよ！」

「はぁぁぁ……もういっそのこと恋桃がバイトするパン屋さん買い取ろうかな」

「やめてやめて！　街の小さなパン屋さんだから！」

　ただし歩璃くんからもいくつか条件が出されていて。

　バイト先にはぜったいひとりで行かないこと。

　綾咲さんが車で送り迎えをしてくれるから、バイトが終わったら歩璃くんと一緒に帰ることが絶対条件だって。

　あと、いちおう2週間はメイドの仕事はお休みにしてもらってるんだけど、歩璃くんの相手はいつもと変わらずすることって。

　綾咲さんが車を出してくれて、歩璃くんも一緒にバイト先へ。

「じゃあ、バイト行ってくるね！」

「僕も店内まで行く」

「えぇ、いいのかな」

「いいでしょ。ダメならお客として行く」

　こうして歩璃くんとふたりで中へ。

　扉を開けるとカランコロンッと音が鳴って、奥のほうからわたしのお父さんと同い年くらいの男の人が出てきた。

「あっ、こんにちは！　えっと、桜瀬恋桃です！　今日から2週間よろしくお願いしますっ！」

「あぁ、恋桃ちゃんこんにちは。お父さんから話は聞いてるよ～。こちらこそ今日からよろしくね～。僕がこのお店の店長だからわからないことあったら気軽に聞いてね。それで早速なんだけど、これ制服だから奥のスタッフルームで着替えてきてくれるかな？」

「あ、はいっ！　わかりました！」

「それで隣にいる男の子は？」

「あ、えっと、すぐ帰るので気にしないでください！」

　チラッと歩璃くんを見ても帰る気配がなさそう。

「歩璃くん帰らないの？　綾咲さんも車で待ってるだろうし、わたし奥で着替えてこなきゃいけないし」

「恋桃の制服姿見るまで帰らない」

「えぇ！」

「パン買ってそこのイートインスペースにいるから」

　これもしかして歩璃くんわたしがバイト終わるまでずっとここにいる気なんじゃ!?

　綾咲さんに連絡しておこうかな。

　とりあえず制服に着替えてこなくちゃ。

　制服は赤と白のチェックのシャツに、その柄と同じベレー帽っぽい形をした帽子。

　一度でいいからこういう可愛い制服着てバイトしてみたかったんだよね！

　着替え終えてルンルン気分で店内に戻ると。

　歩璃くんがすぐにわたしを見つけて、ものすごい勢いでこっちにやってきた。

「やっぱりここのパンぜんぶ買い占めるからバイトするのやめない？」

「っ!?　ダメだよ、そんなことしたら！」

「恋桃の制服姿が可愛すぎる。こんな可愛い恋桃をひとりにするなんて心配で店から離れられない」

「制服可愛いよね！」

「違う、恋桃が可愛いんだよ」

「そんなことないよ！」

「僕もここでバイトしようかな。そしたら恋桃と一緒にいられるし」

「歩璃くんぜったい働く気ないじゃん！」

「可愛い恋桃を見てるのが僕の仕事だし」

　ダメだダメだ、このままだとらちが明かない！

　するとタイミングよく綾咲さんが中に入ってきた。

「綾咲さん！　歩璃くんを連れて帰ってください！」

「そうですね、かしこまりました。歩璃様、ずっとここに
いるのは他のお客様の迷惑にもなりますよ。恋桃様のバイ
トが終わる時間に、またお迎えに参りましょう」

　綾咲さんのおかげで、渋々帰っていった歩璃くん。

　まさか歩璃くんがここまで過保護(かほご)だったとは。

「あれ、さっきの彼帰っちゃったんだ？」

「あっ、店長すみません！　お騒がせしてしまって」

「いやいや全然。もしかして、さっきの子が彼氏？　お父
さんから聞いたよ〜。彼氏のプレゼントのためにバイト頑
張るんだって？」

「そ、そうです」

「ははっ、若いっていいね〜。じゃあ、あらためてよろし
くね。今から仕事の説明するから覚えられるところから始
めていこうか」

　初日だったから覚えることばかりで、時間が過ぎるのは
あっという間。

　パンの種類を覚えたり、焼きあがったパンを並べたり。

　他にもトレーとトングの補充(ほじゅう)をしたり、店内の清掃(せいそう)をし
たり。

「恋桃ちゃん、もう時間だからあがっていいよ〜」

「え、もうそんな時間ですか！」

　時計の針は夕方の６時ピッタリをさしてる。

「お疲れさまね〜。明日もよろしく頼むね」

「はいっ、お疲れさまでした！」

　ふぅ……なんとか終わったぁ……。

　初めてバイトしてみたけど、覚えること多いし結構大変だったなぁ。

　着替えてお店を出ると、少し離れたところに車が停まっていて、歩璃くんが外で待ってくれてる。

「あっ、歩璃く……うぎゃっ！」

　外だっていうのに、わたしを見つけた途端すぐこっちに駆け寄ってきて抱きしめてきた。

「お疲れさま。何もなかった？」

「うんっ、何もなかったよ！　ありがとうっ」

　そのまま車でお屋敷に帰って、歩璃くんがバイトのことが気になるのかいろいろ聞いてきてる。

「バイトどうだった？」

「大変だけど楽しかったよ！　パンの試食もさせてもらえたりしたの！」

「へぇ、よかったね。変な客に絡まれたりしなかった？」

「近所のおばあちゃんとか、小さな子ども連れたお母さんとかが多かったよ」

　みんな常連さんみたいで気軽に話しかけてくれたし。

「あっ、あと近くに高校があるみたいで、部活帰りの高校生も買いに来てたかな」

「は……？　え、それって男？」

「うん」

「ぜったい恋桃声かけられたでしょ」

「おすすめとかありますか？って聞かれたくらいだよ？」

「ほんとに？」

「あ、でも明日もシフト入ってますかって聞かれたかな」

「はぁぁぁ……まって。もう明日からバイト行くのダメ」

「ええ、どうして？」

「恋桃は鈍感すぎるんだって。そんなのじゃ僕心配で恋桃がバイトに行ってる間、気が気じゃないんだけど」

「歩璃くんは心配しすぎだよ」

「もうさ、店内にカメラ設置しよ。僕の恋桃に近づくやつがいないか監視しないと僕の気がすまない」

「防犯カメラは設置してあるよ？」

「いや、それは店内のやつでしょ。僕が言ってるのは恋桃専用のカメラのこと」

「いらないよ!!」

「僕以外の男に可愛く笑うの禁止」

「接客だから笑顔でいないと！」

「……無理。みんな恋桃の笑顔にやられるじゃん。もういっそのことサングラスにマスクして顔ぜんぶ隠そうよ」

「それじゃ不審者だよ!?」

「はぁ……ますます憂うつなんだけど。男から誘われたらどうするの」

「ちゃんと彼氏いるって言うもん」

「もういっそのこと旦那がいるって言っていいと思う」

「だ、旦那さん……!?」

「だって恋桃は将来僕のお嫁さんになるでしょ？」

「うぇ……あ、ぅ……」

こんな感じで毎日歩璃くんに何か変わったことなかったかって尋問のように聞かれるし。

何もなかったよって言っても、ほんとに？ってすごい疑ってくるの。

バイトを始めてから思ったけど、歩璃くんはわたしに過保護になりすぎだと思う。

$$* \quad * \quad *$$

そして2週間はあっという間に過ぎていき──。

無事にバイトが終了。

これで歩璃くんの誕生日プレゼントが買える！

しかし……またしても別の問題が発生。

そもそも歩璃くんの欲しいものとは？

歩璃くんは普段からあんまり物欲がないから、欲しいものがまったくわからない！

それに歩璃くんは手に入らないものとかないだろうから、そんな歩璃くんにプレゼントを贈るって難易度高くない？

さりげなく欲しいものを聞いてみても「特にないけど」って、見事に空振り。

歩璃くんが普段身につけてるものからヒントを探ってみた結果……プレゼントはキーケースにすることに。

お屋敷の中にいくつかある部屋の鍵や、机の引き出しの鍵などひとつにまとめるのに便利かなって。

　プレゼントも無事に用意できて、あとは歩璃くんにサプ
ライズで渡すだけ。

　前日はソワソワしながら、誕生日当日いちばんにおめで
とうって伝えられたらいいなと思って眠りについたのに。

　迎えた歩璃くんの誕生日の朝。

　目が覚めたらなんと歩璃くんがいない。

　いつも歩璃くんがわたしより先に起きてることはほとん
どないからびっくり。

　綾咲さんから話を聞くと、今朝急にお父さんに呼ばれて
そのまま出かけてしまったそう。

　帰ってくるのは夜になっちゃうみたい。

　今日は土曜日だったから、1日ずっと歩璃くんと過ごせ
ると思ったのになぁ。

「歩璃くんが帰ってくるまで何しよう」

　ソファでクッションを抱えてゴロゴロ。

　あっ、そうだ。せっかくだからケーキでも作ろうかな。

　綾咲さんにそれを伝えると材料を用意してくれた。

　さすがにケーキの生地を焼くところからスタートすると
時間かかりそうだから、出来上がってるスポンジケーキに
生クリームを塗ってフルーツをのせることに。

　イチゴやキウイ、ブルーベリーや桃をたくさん使ったフ
ルーツケーキ。

　歩璃くんは甘いのあんまり好きじゃないから、生クリー
ムも甘さ控えめで作ってみた。

　ケーキが完成してからとくにすることもなくて、いつも

どおり部屋の掃除をしたり綾咲さんのお手伝いをしたり。

＊　＊　＊

　そして歩璃くんが帰ってきたのは夜の8時過ぎ。
「はぁぁぁ……疲れた。やっと恋桃に会えた」
「お帰りなさい！」
　着てるスーツを脱ぎながら、しっかり締めていたネクタイをゆるめてわたしに抱きついてきた。
「恋桃不足で死にそう」
「わたしは今歩璃くんに強く抱きしめられすぎてつぶれちゃいそうだよ！」
「ほんとは恋桃が目覚めてから出かけたかったのに、父さんが無茶なことばっかり言うから」
　わたしの言ってることぜんぶ無視。
　お構いなしにさらにギュッてしてきてるし。
「父さんから聞く学園の話とか正直どうでもいいんだよね。それよりも僕と恋桃の婚約の話が先だよねって」
「え、あ、えっ!?」
「早く恋桃が僕のお嫁さんになってくれないかなぁ」
「それは気が早すぎるような……」
「全然早くないでしょ。結婚できるなら今すぐしたいけど」
「うぅ……っ」
　付き合い始めてからの歩璃くんは、さらにストレートに思ってることを伝えてくるからわたしの心臓もたない。

「僕いますごく疲れてるから恋桃のキスで癒してよ」

　あっ、これはまずい。

　歩璃くんが危険な顔して笑ってる！

「ま、まって！　歩璃くんに伝えたいことあって！」

「ん？　なにプロポーズ？」

「ちがぁう!!　そうじゃなくて！」

「なに？　早く教えてよ」

「えっと、遅くなっちゃったけど、お誕生日おめでとうっ！」

　さっきから後ろに隠してたラッピングされたプレゼントを渡すと。

　なぜか歩璃くん一瞬フリーズ。

　あれ、あれれ。

　もうちょっとよろこんでくれると思ったのに、歩璃くん反応薄くない!?

「えぇっと、歩璃くん？」

「……まって、うれしすぎる」

「え？」

「恋桃が僕の誕生日祝ってくれるとか、うれしすぎて倒れそう」

「そ、そんなに!?」

　なんだぁ……てっきりあんまりうれしくないのかと思ってヒヤヒヤしちゃったよ。

「プレゼントまで用意してくれたんだ？」

「気に入ってもらえるかちょっと不安だけど」

「恋桃からならなんでもうれしいよ」

　歩璃くんが、ラッピングを外して中身を取り出すまでドキドキ。

「キーケースにしてくれたんだ」

「う、うん。歩璃くん鍵たくさん持ってるから、あると便利かなって」

「はぁぁぁ……ありがと。恋桃からのプレゼントとかうれしすぎる……。死ぬまで大切にする」

　歩璃くんはよろこび方がちょっと独特。

　とりあえずうれしそうだからよかったのかな。

「あとね、ケーキも作ったの」

　キッチンから作ったケーキを持ってくると、歩璃くんはとってもうれしそうに笑ってて。

「恋桃が僕のためにこんないろいろ準備してくれたなんて、僕死ぬのかな」

「せっかくだからちゃんとお祝いしたいなぁと思って！」

「うん、もうその気持ちだけでいい」

　ホールで作ったから切り分けて、わたしと歩璃くんの分をそれぞれお皿に乗せた。

「甘さ控えめに作ったんだよ？」

「恋桃が作ってくれたケーキならホールごとぜんぶ食べられそう」

「そんな食べたらお腹壊しちゃうよ！」

　歩璃くんは普段あんまり甘いものは食べないけど、わたしが作ったケーキは美味しいって食べてくれる。

　残っちゃった分も明日きちんと食べるって。

「こんな幸せな誕生日はじめてな気がする」

「そんなに？」

「恋桃にこうして祝ってもらえてほんと幸せ。プレゼントもケーキもありがと」

　ど、どうしよう。

　いま言っちゃってもいい……のかな。

　じつはもうひとつ歩璃くんにあげたいものがあって。

「あ、あのねプレゼントもうひとつあって……」

「まだ何かくれるの？　もう充分なのに」

　心臓すごくドキドキ。

　こんなこと言ったら引かれちゃうかなとか、今さらになって考えちゃう。

　でも、ちゃんとあげるって決めた……から。

「ど、どうぞ……っ」

　歩璃くんの胸に飛び込んで、ギュッと抱きついてみた。

「何もらったらいいの？」

　これだけじゃやっぱり伝わらない……かな。

「ぅ……えっと……」

「……？」

「わ、わたしを……もらってください……っ」

　い、言っちゃった……。

　これだけはっきり言ったらさすがに伝わる……？

　ゆっくり歩璃くんを見ると。

「は……？　え、は……っ？」

　歩璃くんが固まって言葉を失ってる。

それに頭をガシガシかきながら、深くため息をついて。
　そのあと急に冷静さを取り戻したのか。
「いや、ちょっと待って。誰かに何か吹き込まれたの？」
「ううん」
「え、それともこれ夢とか？」
「ううん、ちゃんと現実だよ」
　歩璃くんのほっぺを軽くむにっと引っ張ると、さっきよ
りも深いため息をついて。
「……まって、ほんとに無理してない？　別に焦ってする
ようなことじゃないし、恋桃の気持ちが追いつくまで待
つって決めてるから」
「無理してないよ。あ、あげたいと思ったの……。やっぱ
りいらない？」
「いや、いらないわけないでしょ。手出さないように我慢
してるのに……。恋桃はちゃんと意味わかってる？　キス
よりもっと恥ずかしいことするんだよ」
「歩璃くんはしたくないの……？」
「ちょっと待って。恋桃がいつもより大胆すぎて扱いに困
る……。僕の理性を試してるの？」
「歩璃くんがしたいならする」
「っ……、まって。ほんとにこれ以上理性壊すようなこと
言っちゃ──」
「歩璃くんにぜんぶあげる……っ」
「だから……っ、なんでこういうとき素直なの」
　こんなタジタジな歩璃くん初めて見た。

　今もまだ何かと葛藤してるのか、ため息をついたり頭を抱えたり。

「待って。僕の心臓いまヤバい」

「どうして……？」

「ずっと好きだった子にぜんぶあげるなんて言われたら冷静でいるほうが無理……」

「そ、そんなに？」

「僕にとって恋桃は大切な子なんだから当たり前でしょ」

「わたしも歩璃くんのことすごく大切だから、歩璃くんが我慢するのやだ……」

　ギュッと抱きついて歩璃くんの頬にキスをすると。

　歩璃くんの表情がグラッと崩れて。

「ずるいよ恋桃……。僕のことどこまで翻弄したら気がすむの」

「んっ……」

　触れるだけのキスが落ちて、ゆっくり離れていきながら。

「……嫌ってくらい愛してあげる」

　寝室までお姫様抱っこしてくれて、身体がベッドに深く沈んでいく。

　熱っぽい瞳をした歩璃くんに見下ろされると、心臓がバクバクうるさくなる。

「恋桃の可愛い唇ちょうだい」

「ふぇ……ん……っ」

　とびきり甘くて優しいキス。

　強引さがなくて、ゆっくりまんべんなく甘く攻めてくる。

　ちょっと息が苦しくなると、少し唇を離して息をするタイミングをつくってくれる。

「ぅ……はぁ……っ」

「まだキスやめないよ」

「なんで……っ？」

「時間かけないと恋桃の身体に負担かかるから」

　肌にヒヤッと空気が触れて、冷たいと思ったのは一瞬。

　歩璃くんに触れられたら一瞬で熱を帯びる。

「どこがきもちいいか教えて」

「や……ぅ……っ」

「ほらキスにも集中しようね」

　キスもさっきより深くなって、口の中に入ってくる熱が甘くかき乱してくる。

　身体の内側が異常なくらい熱くて、だんだん何も考える余裕もなくなっちゃう……っ。

「隠さないで見せて」

「やぁ……っ」

「僕にぜんぶくれるんでしょ」

　キスが身体中に落ちてきて、それが全身に甘く響いてる。

　熱に溺れる中で、歩璃くんが前髪をクシャッとかきあげる仕草に見惚れて。

　でも、そんなの気にしてられる余裕なんかぜんぶなくなるくらい……甘い波が押し寄せてくる。

「……もっと力抜ける？」

「ぅ……っ」

「ん……そう。僕にもっとあずけていいよ」
　息も苦しくて身体も火照ったままでクラクラする。
　熱があがるばかりで分散しないまま。
「恋桃のぜんぶ……僕に愛させて」
　これでもかってくらい甘くて優しいキスをされて。
　熱に呑まれて、パッと何かがはじけた瞬間──意識がふわっと飛んだ。

*　*　*

　──翌朝。
「ん……？」
　誰かにほっぺ触られてる……？
　それにいつもと違う……肌がピタッと触れててすごく温かい。
「あ、起きたね。おはよ」
「……ん、おはよう……っ」
　まだ眠くて目をこすってると、歩璃くんが顔を近づけてきてチュッと軽くキスしてきた。
「身体平気？　つらくない？」
「え、あっ……うん、平気」
　寝ぼけてて頭があんまり回ってないせい。
　一瞬、歩璃くんの言ってることがよくわかんなくて。
　でも、歩璃くんの体温をじかで感じて昨日の夜のことぜんぶ思い出した。

「僕いま死んでもいいくらい幸せ」

「そ、そんなに？　歩璃くんいつも大げさだもん……」

「いや、ほんとそれくらい幸せなんだよ」

　歩璃くんの腕の中はとても温かくて、わたしのぜんぶを優しく包み込んでくれる。

「昨日の恋桃すごく可愛かった」

「うぅ……思い出すのむり……っ」

「なんで？　恋桃がぜんぶくれるって言ったのに」

「言わないで……っ。恥ずかしくて死んじゃう……」

　今もこうして抱き合ってるの、肌が密着してて耐えられないのに。

「このまま一緒にお風呂入ろっか」

「む、むり……っ。ひとりで入る……」

「なんで？」

「恥ずかしいもん……」

「今さらじゃん。昨日ぜんぶ見て――」

「わぁぁぁ！　それ以上言わないでっ」

「ってか、恋桃ひとりでお風呂入るの無理でしょ。脚に力入る？」

　歩璃くんが何を言ってるのかさっぱりわかんない。

　近くにあったシーツを身体に巻きつけて、ベッドから出ようと床に足をついたら。

「わっ……！」

　なんでか脚にうまく力が入らなくて、ぺしゃっと座り込んじゃった。

「ほら、立てないでしょ」

「な、なんで?」

「昨日激しかったもんね」

「なっ……ぅ」

「ほら僕がお風呂連れて行ってあげるから。おとなしく一緒に入ろうね」

　このあと頑張って抵抗したけど、そんなのぜんぶ聞いてもらえるわけなかった。

好きで愛おしくてたまらない。〜歩璃side〜

「あーゆりくん！　そこどいて！」

「無理。掃除なんかより僕の相手が先でしょ」

「掃除のほうが先なの！　いつも歩璃くん邪魔するから！」

　僕はこんなに触れたくて仕方ないのに、恋桃はこの通り僕のことをおじゃま虫くらいにしか思ってないみたい。

　メイド服を着て部屋の中を走り回ってるの可愛い。

　でもそんな慌ててたらぜったい転ぶじゃん。

「うわっ！」

　ほらやっぱり転びそうになってる。

　恋桃はドジなところあるから目が離せない。

　とっさに身体が動いて、恋桃の身体をなんとかキャッチ。

「僕のこと邪魔扱いした罰だね」

「うっ、これはたまたま転んじゃっただけだもん！」

　ってか、メイドの仕事なんか屋敷の人間にやらせるから恋桃はただ僕の隣にいてくれたらそれでいいのに。

　そもそも僕専属のメイドとして働いてるんだから、僕の相手してくれるだけでいいじゃんね。

「ねぇ、このまま僕と愉しいことしようよ」

「し、しなぁい！　歩璃くん変なことするもん！」

「変なことってどんなことされるの想像してるの？」

　顎をクイッとあげると、口をパクパクしながら顔真っ赤にしてるの可愛い。

「ほんとはされたいんじゃない？」

「なっ……ぅ……」

　ただ見つめて少し触れただけなのに、こんな赤くなるの　ほんとピュアだよなぁって。

　恋桃がこんな可愛い顔するのは僕だけが知ってればいい　し、他の男に見せるなんてぜったい許せない。

　恋桃の可愛いところ僕だけが独占できる世界があればい　いのにって本気で思うしね。

＊　＊　＊

　あれから恋桃は隙をついて僕から逃げ出して、掃除や洗　濯をしたり今は率先して綾咲の手伝いをするために庭のほ　うに行ってる。

　恋桃が恥ずかしがって逃げる癖どうにかならないか　なぁ。

　恥ずかしがってるのも可愛いけど、いい加減慣れてもい　いんじゃないかって思う。

　僕は今いる部屋を出て、屋敷の中でいちばん奥にある書　斎へ。

　少し前まで恋桃が立ち入ることを禁止していた。

　ここは僕と恋桃の大切な思い出がしまってある場所。

「懐かしいなぁ……この写真」

　アルバムを手に取ると、幼い頃の僕と恋桃の写真が何枚　もある。

306

　このときは、まさか恋桃が僕との思い出をぜんぶ忘れるなんて思ってもいなかったっけ。

　僕にとって恋桃は初恋の女の子。

　恋桃と初めて出会ったのは、小学校に入る前くらい。

　ちょうど僕の母親が家を出て行った頃だった。

　母親がいなくなるってわかっても、そんな寂しい気持ちになることもなくて。

　ただ、今考えるとその頃の僕は寂しくても寂しいって口にせずに強がってたのかもしれない。

　父さんも仕事が忙しくてなかなか屋敷に帰ってこないし、母さんは出ていくし。

　不自由ない生活を送っていたけど、僕のそばにいてくれる人は誰もいないんだなぁなんて。

　そんなとき、ふらっと立ち入ったシロツメクサが咲いてる近所の公園……ここで出会ったのが恋桃だった。

　太陽の下、明るく笑いかけてくれる恋桃の笑顔がとてもまぶしかった。

　人の愛や温もりをたくさん受けた恋桃は、ほんとに素直で真っ直ぐな女の子。

『あゆりくん、みてみて！　これ、シロツメクサで作ったの！』

『花冠？　すごく上手だね』

『あゆりくんのもあるんだよ〜！』

『こももちゃんが作ったの？』

『うんっ。お母さんに作り方教えてもらったんだぁ！』

『そっか。ありがとう』

『えへへっ、おそろいっ！』

　恋桃と一緒にいると自然と笑顔でいることが多くなって、恋桃の素直な明るさが僕の瞳にまぶしく映った。

　今思い返せば、出会った瞬間から僕は恋桃に惹かれていたのかもしれない。

　だから、これから先もずっと恋桃の笑顔が見られたらいいなって幼いながらにそんなことを思っていた。

　だけど、ある日を境（さかい）に恋桃が突然僕の前から姿を消した。

　たまたま来ない日が続いただけかと思い、僕は毎日欠かさずその公園に足を運んでいた。

　それでも恋桃が姿を現すことはなくて——あるとき僕が恋桃とここで遊んでいたことを知っていた恋桃のお父さんが僕に話をするために来てくれた。

　そのとき恋桃のお父さんが、幼かった僕にもわかるように話をしてくれたのを今でも覚えてる。

　恋桃のお母さんが事故に遭って亡くなったこと。

　そのショックで記憶を失ったこと。シロツメクサの咲く場所で会っていた僕のことも、お母さんの事故とともに恋桃の記憶からなくなってしまった。

　ぜんぶ聞いたとき理解するのに時間がかかって信じることができなかった。

　数日前まで僕に向けられていた笑顔がすべて消えてしまったなんて。

　それから１ヶ月ほどが過ぎて、恋桃と再会したけど恋桃

は僕のことを覚えていなかった。

　そのとき初めて恋桃のお父さんから言われたことが現実で受け止めるしかないんだって思った。

　それに、お母さんを亡くしたショックが大きかったのか恋桃から笑顔がなくなっていた。

　そのとき思った。

　恋桃が寂しい思いをしないように、僕がもっと今より成長して恋桃を守れるくらいになったら迎えにいくんだって。

　今思い返せば、恋桃のお父さんにも無茶なことを聞いてもらったと思う。

　僕のメイドとして恋桃にそばにいてもらいたいなんて。

　もちろん、それを話したときに恋桃のお父さんはすんなりは了承してくれなかった。

　ただ、ずっと僕が恋桃のことを想い続けてたことを知ってくれていたから、最後は快く認めてくれた。

　その代わり、恋桃には昔の記憶を無理に思い出させるようなことはしないようにって言われた。

　何かのきっかけで記憶が戻る可能性もあるかもしれないけど、無理に思い出させることは恋桃の身体に負担がかかるかもしれないから……と。

　だから、この書斎に恋桃が入ることを禁止にしていた。

　もし恋桃がここで僕との幼い頃の思い出を目にしてしまったら、記憶が混乱する恐れもあったから。

　そして高校１年生……16歳になる年に恋桃と再会した。

　そのとき恋桃はやっぱり僕のことを覚えていなくて。

　ただ……久しぶりに再会して恋桃が運命の番だってわかったときは、運命までもが僕と恋桃を強く引き合わせてくれたんだって。

　ずっと想い続けてきた子が運命の相手だってわかれば、そばにいてほしいと思うのは当然のこと。

　この先ぜったいに恋桃のこと離したくないって気持ちがさらに強くなった。

　昔も今もこれから先も、ずっと恋桃の笑顔を守っていきたい——そう思いながらアルバムを閉じて書斎を出た。

　部屋に戻る途中、恋桃がちょうど庭のほうから屋敷の中に戻ってきたから声をかけようとしたらびっくりした。

「え、は？　どうして泣いてるの、何があったの？」

　なぜか泣きながら僕のほうに近づいてきてる恋桃。

　涙が止まらないのか、ずっと目をこすってる。

「うぅ……あゆりくん……っ」

　え、ちょっと待って。なんでこんな泣いてるの？

　恋桃が泣いてる姿見たら、何かあったのか心配になるし本気で焦る。

「どうしたの、何があったのか僕に聞かせて」

　なるべく怖がらせないように聞くけど、僕も内心気が気じゃない。

　どうして恋桃がこんな泣いてるのか、何が原因なのか早く解決してあげたい気持ちが先走る。

「こ、こわかった……」

　泣きながら僕にギュッと抱きついてくるの可愛すぎない……？

　それに恋桃の泣き顔すごくそそられるっていうか。

　いや、今そんなこと考えるのは不謹慎（ふきんしん）か。

「何が怖かったのか教えて」

　とりあえず今は何があったのか聞きたい。

　恋桃の泣き顔ほど僕を困らせるものはないと思う。

「さっきお庭で掃除してて……」

「うん」

「いきなり蜂（はち）が飛んできて追いかけられて、転んじゃったの……っ」

　あぁ、待って。無理……可愛すぎる。

　いや、だから今の状況でそんなこと思うの不謹慎だっていうのはわかるんだけどさ。

「蜂すごく怖かったし、転んだの痛かった……っ」

「うん、痛かったね。可愛い」

「……えっ？」

「あぁ、いやごめん。ちょっと心の声が漏（も）れたみたい」

　とりあえず部屋に戻って、恋桃が泣き止んで落ち着くまでずっと抱きしめてあげることにしたんだけど。

「あんな大きな蜂もうやだ……見たくない……っ」

　相当蜂が怖かったのか僕に抱きついたまま、珍しく恋桃がすごく甘えてくれてる。

　あぁ、どうしよう。恋桃がこんな甘えてくれるのめったにないから可愛くて仕方ない。

　だけど恋桃が怖がってシュンッとしてる手前、ここで手は出せないし。

　あー……なんか別のこと考えて気をそらさないと。

　恋桃が泣き止むまで背中を軽くポンポン撫でたり、ギュッて抱きしめてあげたり。

　しばらくすると、泣き疲れたのか僕にぜんぶをあずけてグタッと寝てる。

「ほんとなんでこんな可愛いの」

　この可愛さぜんぶ僕のなんだって思うと、ものすごい優越感。

　強く抱きしめると壊れるんじゃないかと思うほど華奢で小さな身体。

　触れるとやわらかい頬も、小さくて可愛い唇も。

　僕だけが触れることができて、僕だけがぜんぶ独占できるんだって。

　恋桃は何をしても可愛いからほんと困る。

　それに恋桃は無防備だったり鈍感なところがあるから、放っておけない。

　僕がちゃんと守ってあげないと、どこで悪いやつに狙われるかわかんないし。

　しかも恋桃は自分が可愛いことをまったく自覚してないからタチ悪いんだよね。

　誰が見ても口を揃えて可愛いって言うような容姿なのに、自分より可愛い子はたくさんいるとか言うし。

「こんな可愛いの世界で恋桃だけだよ」

　僕の世界には恋桃しか映ってない。

　そう言いきれるくらい、恋桃が思ってるよりもずっと僕は恋桃の可愛さに溺れてる。

　それから1時間くらい恋桃はずっと僕の腕の中で眠り続けて——。

「ん……あゆり、くん……？」

「目覚めた？　たくさん寝てたね」

　寝起きだからか、まだ僕に甘えたまま。

　それに少し眠たいのか、僕にギュッてしながら頬をすり寄せてくるの可愛すぎて心臓に悪い。

「まぶたちょっと熱くて重い」

「少し泣きすぎたかもね。あとで冷たいもの持ってきてあげるから冷やすといいよ」

　甘えてる状態の恋桃は、僕が言ったことはなんでも聞きそう。

　普段なら恥ずかしがって嫌だって言うことも、今ならすんなりいいよって言ってくれそうじゃない？

「もうこんな時間だし、一緒にお風呂入ろっか」

「……ん」

　ほら僕の思った通り。

　僕の腕の中でコクッとうなずいてる。

　普段は恥ずかしいからお風呂はぜったい一緒に入らないって頑なに拒否してたのに、今はすんなり脱衣所までついてきた。

「はい、服脱ごうね」

「ん……」

　着ているメイド服を脱がしても、恥ずかしそうなそぶり
は見せないし。

「キャミソールも脱がすよ?」

「うん……ん?」

　脱がそうとしたら恋桃がパッと僕の顔を見て、そのあと
自分の身体に目線を落として。

「へ……あっ、へ……っ!?」

　あー、これいつもの恋桃に戻った気がする。

　すぐに顔を真っ赤にして、脱がそうとする僕の手を必死
に押さえてきてるし。

「ま、まままって!　これどうなってるの!?」

「僕と一緒にお風呂入るんでしょ?」

「な、ななんで!?　無理だよ、やだっ……!」

　今さら無駄な足掻きやめたらいいのに。

　あのまま甘えてくれてたらよかったのにさ。

「もういいじゃん。ここまできたんだから一緒に入ろ?」

「むりむりっ……やだっ……!」

　ものすごい勢いで拒否されたし。

　でも僕だってここで折れるわけにはいかないよね。

「んじゃ、恋桃が先に入っててもいいよ」

「だ、だから無理って——」

「ふーん。それじゃ、今すぐベッドいって朝まで抱くけど
いいの?」

「へ……っ?」

「夜寝かせないよ。僕が満足するまでずっと付き合ってもらうから」

「なっ、ぅ……」

「恋桃の弱いところたくさん攻めて焦らして……身体おかしくなるまで甘いことたくさんしよっか」

「そ、そんなのずるい……っ」

　どっちがずるいんだか。

　ここまで攻めたら、恋桃は僕の言うとおりにするだろうから。

　──で、せっかく一緒にお風呂入ろうとしたんだけど。

「うわ、暗すぎない？」

　恋桃がお風呂の明るさの電気を調整したせいで、中が薄暗い状態になってる。

「電気ついてるの恥ずかしくて無理だもん……！」

　さっきまで蜂に怖がって甘えてたくせに。

　どうせなら寝ぼけたままお風呂連れて行っちゃえばよかったかなぁ。

「今さらじゃん。ベッドでぜんぶ見てるのに」

「うわぁぁぁ歩璃くん黙って!!」

　暗すぎてほとんど何も見えないし。

　とりあえず湯船には浸かれたけど。

　恋桃は恥ずかしがって身体丸めてるんだろうなぁ。

　ってか、これじゃ一緒に入ってる意味ないし。

「ひゃっ……ど、どこ触ってるの……っ」

　僕のほうにグッと抱き寄せると、わかりやすいくらい身

体がビクッと跳ねてる。

「暗くてよく見えないなぁ」

「や……っ、そこやだぁ……っ」

　恋桃は身体がすごく敏感だから、少し触れただけで可愛い声が漏れるんだよね。

　それが僕はたまらなく好きなんだけど。

「恋桃が電気消してるのが悪いんでしょ？」

「ぅ……っ、ぁ」

　細くて華奢なのに触れるとやわらかい。

　それにお互いの肌がピタッと触れる感じもすごく好きなんだよね。

「ま……って。ほんとにもう……っ」

「きもちよくて感じちゃう？」

「ひぅ……っ」

　抵抗してるみたいだけど力全然入ってないし。

　それにやっぱりさ、恋桃の可愛い声だけじゃ物足りない。

　僕に与えられる刺激で感じてる顔が見たい。

　バスタブのそばに明るさを調整するスイッチがあるから、それに触れたら周りが一気に明るくなった。

「へ……っ」

「チッ……なんで入浴剤入れてんの」

「歩璃くんいま舌打ち……!?」

　真っ白の入浴剤がばっちり入ってるせいで、めちゃくちゃ濁ってるし。

「むりむりっ、ほんとにむり……電気消して……っ」

　電気のことに気を取られたのか、スイッチがある僕のほうにくるっと身体を向けてる。

「いいの？　ぜんぶ見えそうだけど」

「っ!?　よ、よくなぁい!!」

　こんな調子じゃ、これから先もお風呂は一緒に入ってもらえなさそう。

*　*　*

　また別の日。

　最近っていうか、ずっと前から思ってたことなんだけど。

　恋桃はたまに僕のことを無意識に煽ってくるときがあるんだよね。

　上目遣いで首を傾げて可愛く見つめるところとか。

　寝るときに、さりげなく僕に抱きついて甘えてくるところとか。

　今だって一緒にベッドに入って僕のことじっと見てる。

　少し眠そうにしてる顔もたまらなく可愛い。

　我慢できなくて、唇に触れるだけのキスを落とすと。

　身体がピクッと跳ねて、小さな手で僕のシャツをクシャッとつかんでくる。

　ゆっくり唇を離すと、まだじっと僕のこと見つめて。

「物足りなさそうな顔して。もっとする？」

　素直にコクッとうなずいてるの可愛すぎる……。

　この子ぜったい僕の心臓止めにきてるよね。

　さっきより少し強めに唇を押しつけると、可愛い声が漏れて僕の理性が一気に崩れた。

「はぁ……あつ」

「ん……っ」

　身体の内側から熱がこみあげてきて、恋桃のことが欲しくてたまらなくなる。

　あー……これ完全に発情した。

　ここまできたら僕が満足するまで、ひたすら恋桃を求め続けることになる。

「ねぇ、恋桃。もっと僕のこと満足させて」

「……んぅ」

「恋桃の可愛さでたっぷり満たしてよ」

　唇に軽くキスすると身体が反応して。

　息が苦しくなってくると、無意識なのか僕のシャツをキュッとつかんでくる。

　いまだに息するタイミングがわからないのか、僕が誘うように口をあけさせるとスッと息を吸い込んでる。

「……ほら、もっとあけて」

「ふぇ……っ、ん」

　誘うように唇を舌先でペロッと舐めると、わずかに口が開くから、そのまま熱をグッと押し込む。

　それに応えようとして少し絡めてくるの可愛すぎる……。

　さっきまで僕が一方的に求めていただけだったけど。

　恋桃が弱いところを攻めたり……まんべんなく深く、じっくりキスをすれば。

「はぁ……ぅ、あゆり……くん……」

　ほらこれで——極上に甘い恋桃が仕上がった。

　今の恋桃は僕のことが欲しくてたまらない状態。

　ほんとはここであえて触れずに、恋桃から求めてくるまでとことん焦らしたいけど。

　僕も今は完全に抑えがきかなくなって、発情も治まってないから。

「ねぇ、ほら……もっと甘いのしよ」

「んっ……」

　どれだけキスしても、恋桃を求めても足りない。

　ずっとずっと触れて求めたいと思うほど……甘い恋桃から抜け出せない。

「ま、まっ……て。もう限界……っ」

「待たない。ってか、今夜寝かせてあげないから」

「ひゃっ……んんっ」

「すぐバテないように……ゆっくりしようね」

　僕がどれだけ恋桃に溺れてるか。

　僕がどれだけ恋桃のことが好きで、愛おしくてたまらないか——これからもたくさん愛してあげるから覚悟してもらわないとね。

ずっと歩璃くんの隣で。

「いやー、よかったなぁ。恋桃が歩璃くんのことを思い出
して気持ちが通じ合ったなんて」

「お父さんにはいろいろ僕の無茶なお願いを聞いていただ
いて頭が上がらないです」

　今日は歩璃くんの希望で、わたしの家に行ってお父さん
と会っていろいろ報告することに。

「ははっ、そんなかしこまらなくて大丈夫だよ。それに恋
桃も小さい頃から歩璃くんのことが好きだったからな～。
幼い頃の初恋がこうして実（みの）るなんて奇跡みたいな話だ
なぁ」

　わたしたちが運命の番だったことを伝えたときも、「ほ
んとにふたりは結ばれる運命だったんだな。お互いが想い
合って、結ばれた相手が運命の番だったなんてなぁ。これ
は誰も入る隙もないな～」って、すごく驚いていたのが懐
かしい。

「恋桃覚えてるか～？　歩璃くんの家でメイドやってもら
うって話したときに、恋桃のご主人様になる子が運命の番
かもしれないぞって話したの」

　たしかにそんなこと話してたような。

「そのとき父さんに1億円くれるとか言ってたよな～」

「あれはもう無効（むこう）だよ!!」

　そのときは、まさかほんとに運命の番と出会うなんて

思ってなかったし。

「それじゃあ、歩璃くんに払ってもらうか〜」

「恋桃のためならいくらでも用意しますよ」

「やめてやめて！　冗談でも歩璃くんにそんなこと言っちゃダメ！　すぐ本気にしちゃうから！」

　歩璃くんのことだから、すぐに１億円用意しちゃいそうだし。

「恋桃は幸せだなぁ。こんなに想ってくれるのは歩璃くんくらいだぞ？　それに、こんな立派な男の子になって恋桃のことを迎えに来てくれたんだからな」

「う、うん。今すごく幸せだよ」

　それに、歩璃くん以上に好きになれる男の子はこの先現れないと思えるくらい、歩璃くんに大切にしてもらってるのが伝わるから。

「恋桃が幸せなら父さんも言うことないよ。よかったな、歩璃くんみたいな素敵な男の子と出会うことができて。歩璃くんもずっと恋桃のことを想い続けてくれてありがとう。あらためてこれからも恋桃のことよろしく頼むね」

「もちろんです。一生離す気ないので。もし恋桃が僕を嫌いになったとしても、また好きにさせるつもりです」

　嫌いになったりすることないのに。

　それよりも、わたしのほうが歩璃くんに飽きられないか心配だよ。

「ははっ、じゃあもうふたりとも結婚してもいいんじゃないか？　ウエディングドレスを着た恋桃も可愛いだろう

な。父さんいつか恋桃とバージンロード歩くの夢だったからな！」

「ぜったい可愛いと思いますよ。僕も恋桃のウエディングドレス姿が楽しみすぎて今晩眠れなくなりそうです」

　ちょ、ちょっとまって！

　話の進むスピードおかしいよ!!

　1週間後に結婚式予定してるみたいに話すじゃん！

　歩璃くんなんか夜眠れないとか何言っちゃってるの!?

　さっきまですごく真面目に話してたのに、急にぶっ飛び始めちゃってるよ。

「まあ、すぐにとは言わないが早く孫の顔も見たいな〜」

「っ!?」

「恋桃に似た女の子だったら、歩璃くんがすごい溺愛パパになりそうだな〜」

「そうですね。ただでさえ恋桃は可愛いのに、恋桃に似た女の子だったらなんでもわがまま聞いちゃいますね」

「ははっ、なんだか想像できるな〜。彼氏なんて連れてきたら大変なことになりそうだ」

「パパのお嫁さんになるしか言わせないです。それか僕を超える男を連れてこない限り、結婚はぜったい許せないですね」

　だからぁ、話が進みすぎなんだってば!!

　どれだけ先の未来のこと想像してるの！

　もうふたりの会話についていけない！

「歩璃くんがそんなに娘ばかり溺愛していたら恋桃がヤキ

322

モチ焼くぞ？　恋桃は歩璃くんのことだいすきだろうか
ら、自分の娘に歩璃くんを取られたって間違いなく拗ねる
だろうなぁ」
「それはそれで僕としては可愛い展開なので楽しみですね」

＊　＊　＊

　あれから１時間くらいお父さんと話をして、せっかく会
えたからって３人で食事もした。
　お父さんは歩璃くんのことを相当気に入ってるのか、
ずっと歩璃くんに楽しそうにわたしのことを話していて。
「恋桃のお父さんはほんとに恋桃のことが可愛くて仕方な
いんだろうね。ずっと恋桃の話してたし、恋桃のことだい
すきなのがすごく伝わってきたよ」
「そ、そうかな」
「まあ、恋桃を好きな気持ちは僕も負けてないけど」
　今やっとお風呂から出て寝るところ。
　ベッドに入ると、いつも通り歩璃くんがギュッて抱きし
めてくれる。
　歩璃くんの匂いや体温をそばで感じると、すごく安心し
てぜんぶをあずけちゃう。
　今こうして歩璃くんと一緒にいられるのも、いろんな奇
跡が重なったおかげなんだ。
　そう思うと胸のあたりがキュッてして、もっと歩璃くん
を近くで感じたくなる。

今も隙間《すきま》がないくらいピタッとくっついてるけど。

もっともっと近づきたくなっちゃう。

「恋桃からギュッてしてくるの珍しいね」

「ダメ……？」

「ううん。むしろ大歓迎《だいかんげい》。今日は恋桃のほうが甘えたがりだね」

「きょ、今日ねあらためて歩璃くんとこうしてそばにいられるのすごく幸せだなと思ったの」

「……そんな可愛いこと言われたら僕の心臓おかしくなりそう」

ひょこっと顔をあげて首を傾げて見つめると、チュッと軽くキスが落ちてきた。

少し触れたら、ゆっくり離れていって。

「早く恋桃が僕のになったらいいのに」

「もうなってるのに？」

「誰も僕の恋桃を奪えないようにしたいんだよね。僕だけの恋桃でいてほしいの」

「誰も奪わないよ」

「早く大人になりたいなぁ。すぐにでも恋桃と結婚できたらいいのに」

「け、結婚はまだ早いよ」

「そう？　朱桃恋桃って可愛いじゃん」

「うっ……」

「名前に桃がふたつ入るのも珍しいし」

「か、叶《かな》うかな」

「僕がぜったい叶えてあげるよ」

　歩璃くんの言葉がすごく胸に響いてくる。

　ほんとにわたしのこと想い続けてくれたのが、すごく伝わってくるの。

「はぁ……早く恋桃と結婚して恋桃に似た女の子に会いたいなぁ」

　まだ先の未来のことなのに。

　わたしのお父さんも歩璃くんも気が早いよ。

「恋桃は男の子か女の子どっちがいい？」

「え、選べないよ」

　もしわたしと歩璃くんの間に生まれてきてくれるなら、どっちでも幸せだから。

「あっ、でも女の子だったら歩璃くんが溺愛しすぎてわたしが放置されちゃいそう……」

「自分の娘にヤキモチ焼くんだ？」

「うっ……」

　だって、わたしのお父さんも言ってたけど歩璃くんぜったい甘やかして可愛がる溺愛パパになりそうだもん。

　わたしのことなんか後回しにしちゃいそう。

「安心しなよ。恋桃のこともたっぷり愛してあげるから」

　今だって充分すぎるくらい歩璃くんに愛してもらってるのに。

　未来の子どもにヤキモチ焼いちゃうなんて、わたし心狭いなぁ。

　歩璃くんのことだいすきすぎるのかな。

「歩璃くんに似た男の子だったら、ものすごくかっこいい子になりそう」

「どうかな。性格は僕に似たら大変なことになるだろうね」

「えー、そうかなぁ？」

「きっと息子と、恋桃の取り合いになるだろうね」

　まだわたしたちは結婚できる年齢でもないし、こうやって話してることもまだまだ先のこと。

　でも、これからもずっとそばにいたいと思うのは歩璃くんだけだから、今話してることが未来で実現したらいいな。

「わたし歩璃くんに愛されすぎて心臓おかしくなっちゃいそうだよ……っ」

「僕はまだ愛し足りないのに？」

「歩璃くんのキャパおかしいよぉ……」

「だって恋桃と出会えたのは僕にとって奇跡だからね」

　首筋にキスしながら、これ以上くっつけないんじゃないかってくらいギュウッてしてくる。

「今この瞬間、恋桃がそばにいてくれることが僕にとってはすごく幸せなんだよ」

　こんなに想ってもらえて、すごく大切にしてもらって。

　これ以上の幸せはないんじゃないかと思えるくらい。

　幼い頃からずっと想い続けてくれて、再び会うことができてこうして気持ちが通じ合うことって奇跡に近いかもしれない。

「僕の恋桃への気持ちは一生変わることないって約束する」

　スッと左手に触れられて、薬指にヒヤッと冷たい何かが

はめられたような気がする。

「恋桃のお父さんに正式に挨拶したらずっと渡そうと思ってた」

「え、あっ、え……っ？」

　びっくりしすぎて思考停止しちゃいそう。

　なのに歩璃くんは真剣に真っ直ぐ想いを伝えてくれる。

「予約させて。恋桃のこと一生かけて幸せにするから」

「うぇ……これ指輪……っ？」

「僕がもっと大人になったら、ちゃんとしたやつ用意するから」

　左手の薬指にキラッと光るシルバーの指輪。

　薄暗い中でも、すごく輝いてるのがわかる。

「ぅ……わたし歩璃くんにしてもらってばかりなのに」

「そんなことないよ。僕がしてあげたいと思ってるし。恋桃のこと幸せにできるのは僕しかいないと思ってるから。それくらい——僕は恋桃のこと愛してるよ」

　うれしくて、うまく言葉が出てこない。

　身体をくるっと回して、真っ正面からこれでもかってくらいギュッて抱きついた。

「ほ、ほんとにわたしでいいの？」

「恋桃しか考えられない。僕がどれだけ恋桃のこと想い続けてきたかわかる？」

「でも、まだ高校卒業するまで２年もあるし、すぐに結婚できるかなんてわからないのに……？」

「２年なんて全然余裕。たとえどれだけ時間がかかっても

僕は恋桃のそばにいるって決めてるから。ってか、僕以上
に恋桃のこと想ってる男はいないと思うよ」
「うぅ……わたしも歩璃くんより好きになれる男の子いな
いと思うくらい、歩璃くんのことだいすき……っ」
　この恋を一生かけて大切にしていきたいと思うほど……
わたしにとって歩璃くんはかけがえのない存在。
　歩璃くんがわたしのことをずっと想ってくれていたよう
に、わたしもずっとずっと、歩璃くんのこと想い続けて大
切にしたい。
「一生僕に愛される覚悟して」
　この幸せが今もこれから先も、ずっと続いていきますよ
うに。

＊End＊

あとがき

☆ **afterword**

いつも応援ありがとうございます、みゅーな**です。

この度は、数ある書籍の中から『ご主人様は、専属メイドとの甘い時間をご所望です。～わがままなイケメン御曹司は、私を24時間独占したがります～』をお手に取ってくださり、ありがとうございます。

皆さまの応援のおかげで、17冊目の出版をさせていただくことができました。本当にありがとうございます……！

今回はご主人様×メイドのシリーズ第2弾です！

2巻はいろんなシーンを詰め込みすぎて、きちんとまとまるかとても心配していましたが、なんとか終わることができてホッとしてます……！

わがままで甘えたがりの歩璃と、素直で明るい恋桃の組み合わせもとても気に入ってます！

幼い頃に出会っていたふたりが再会して惹かれ合う……みたいな展開をずっと書きたいと思っていたので、今回書くことができてとても満足しています！

このあとの3巻は、2巻でも登場した悠と瑠璃乃が主役です！　瑠璃乃だけをひたすら溺愛する悠と、しっかり者だけど抜けてるところがある瑠璃乃のお話も読んでいただ

けたらうれしいです！

　歩璃と恋桃も登場する予定です！

　最後になりましたが、この作品に携わってくださった皆
さま、本当にありがとうございました。

　２巻もとびきり可愛いイラストを描いてくださったイラ
ストレーターのOff様。

　今回もカバーのふたりが理想通りすぎて、イラストを見
せていただいたとき、めちゃくちゃ可愛い〜!!ってなりま
した！

　カバーイラストも相関図も挿絵も、どれも素敵に描いて
くださり本当にありがとうございました……！

　全体がピンクでまとまった今回のカバーはとてもお気に
入りです……！

　そして、ここまで読んでくださった読者の皆さま、本当
にありがとうございました！

　ご主人様×メイドのシリーズぜひ最終巻まで楽しんでい
ただけたらうれしいです！

　　　　　　　　　　　2022年７月25日　みゅーな**

作・みゅーな＊＊

中部地方在住。4月生まれのおひつじ座。ひとりの時間をこよなく愛すマイペースな自由人。好きなことはとことん頑張る、興味のないことはとことん頑張らないタイプ。無気力男子と甘い溺愛の話が大好き。近刊は『ご主人様は、専属メイドとの甘い時間をご所望です。～無気力な超モテ御曹司に、イジワルに溺愛されています～』など。

絵・Off（オフ）

9月12日生まれ。乙女座。O型。大阪府出身のイラストレーター。柔らかくも切ない人物画タッチが特徴で、主に恋愛のイラスト、漫画を描いている。書籍カバー、CDジャケット、PR漫画などで活躍中。趣味はソーシャルゲーム。

ファンレターのあて先

♥

〒104-0031

東京都中央区京橋1-3-1

八重洲口大栄ビル7F

スターツ出版（株）書籍編集部 気付

みゅーな＊＊先生

KEITAI
SHOUSETSU
BUNKO
野いちご SINCE 2009

ご主人様は、専属メイドとの甘い時間をご所望です。
～わがままなイケメン御曹司は、私を24時間独占したがります～

2022年7月25日　初版第1刷発行

著　者　みゅーな**
　　　　©Myuuna 2022

発行人　菊地修一

デザイン　カバー　粟村佳苗（ナルティス）
　　　　　フォーマット　黒門ビリー&フラミンゴスタジオ

DTP　久保田祐子

編　集　黒田麻希　本間理央

発行所　スターツ出版株式会社
　　　　〒104-0031 東京都中央区京橋1-3-1　八重洲口大栄ビル7F
　　　　出版マーケティンググループ　TEL03-6202-0386
　　　　（ご注文等に関するお問い合わせ）
　　　　https://starts-pub.jp/
印刷所　共同印刷株式会社
Printed in Japan

ISBN　978-4-8137-1296-1　C0193